La guerre est déclarée
et autres nouvelles

ÉTONNANTS • CLASSIQUES

ANNIE SAUMONT

La guerre est déclarée
et autres nouvelles

Présentation, notes et dossier par
JEAN VATTEMENT,
professeur de lettres

Flammarion

Du même auteur
dans la même collection

Aldo, mon ami et autres nouvelles

Édition revue, 2012.
ISBN : 978-2-0812-9073-0
ISSN : 1269-8822

SOMMAIRE

La guerre est déclarée
et autres nouvelles

© C. HELIE/Gallimard/Opale

■ Annie Saumont.

Qui est Annie Saumont ?

Née en 1927 à Cherbourg, Annie Saumont a passé son enfance et son adolescence près de Rouen.

Très jeune, elle aime se plonger dans les livres et lit avec ferveur ; c'est alors sa seule distraction, mais elle est de taille. Ainsi Annie Saumont se souvient-elle que, petite fille, elle « lisait dans la rue en allant aux provisions, le panier où cacher le livre sitôt dans la rue sitôt ouvert ». Et, très vite, elle exprime son désir d'écrire.

Elle prête sa plume aux autres, puisqu'elle est traductrice – beaucoup de romanciers contemporains anglo-saxons sont aujourd'hui accessibles grâce à elle : V.S. Naipaul, Nadine Gordimer, John Fowles, J.D. Salinger et son *Attrape-Cœur* – et, parallèlement, fait paraître ses premiers textes. Dans les années 1960, elle publie ainsi plusieurs romans parmi lesquels *Ce soir, j'ai peur*, *Marcher dans les déserts* ou *Jouer de l'harmonica*. Puis, rapidement, elle s'oriente vers la forme brève, en dépit de l'attente des éditeurs. En France, en effet, les recueils de nouvelles ne bénéficient pas de la même faveur que les romans : moins défendus par les éditeurs et par la critique, ils n'atteignent que très rarement les ventes des romans. En 1981, malgré le prix Goncourt de la nouvelle qui la récompense pour *Quelquefois dans les cérémonies*, Gallimard lui réclame un roman pour satisfaire au goût d'un plus large public ; elle change d'éditeur. À travers l'écriture, elle aime « faire ressentir, laisser apparaître sans expliciter », exercice auquel la nouvelle se prête tout particulièrement. Elle aime aussi l'exigence de lecture que suppose la nouvelle, corollaire d'un récit qui travaille sur la suggestion : « La nouvelle fait une place importante au lecteur, alors que le roman est une forme plus confortable qui demande moins d'efforts ; lorsqu'on lit une nouvelle, si on manque une phrase, il faut tout reprendre au début », précise-t-elle. Après son premier recueil, Annie Saumont en publie de nombreux autres, dont *La Terre est à nous* (1989), *Je suis pas un camion* (1989, Grand Prix de la nouvelle de la Société des gens de lettres), *Moi les enfants j'aime pas tellement* (1990), *Les voilà quel bonheur* (1993, prix Renaissance de la nouvelle), *Noir comme d'habitude* (2000), *Le lait est un liquide blanc* (2002), *Les Blés* et *Un soir à la maison* (2003). Elle reçoit le Prix de la nouvelle de l'Académie française pour l'ensemble de son œuvre en 2003.

Ses récits scrutent la réalité des gens ordinaires, rendue par des personnages qui ne sont souvent que des voix. Les portraits sont minimalistes, tout comme les décors sont fragmentaires, seulement esquissés. Annie Saumont aime saisir une conversation au vol, écouter l'histoire que débite son voisin... : autant de discours qui constituent les matériaux à partir desquels elle raconte des histoires – les histoires de nos vies. Ainsi l'oralité, « une matière formidable », prend-elle une place significative dans son œuvre. Et, depuis quelque temps, cette dernière se réapproprie les textes, puisque des groupes de comédiens s'emploient à en faire résonner l'accent singulier. C'est ainsi qu'en 2003, le spectacle *Les voilà quel bonheur* a été créé à partir de six nouvelles du recueil du même titre par une compagnie théâtrale de la Somme (Étamiin'). Annie Saumont elle-même se plie avec plaisir à l'exercice de la lecture à voix haute de ses textes dans les établissements scolaires, les bibliothèques et les prisons.

En février 1998, dans le journal *L'Humanité*, Jean-Claude Lebrun indique au sujet de l'œuvre d'Annie Saumont : « [Elle] alli[e] le perçant du regard à l'exigence de l'écriture pour élever la parole du quotidien – la langue des bistrots et des marchés, des cours de collèges et de lycées, de la rue et du métro – au rang de révélateur des petites égratignures et des grandes blessures du temps. Et donn[e] aux figures qui habitent ses récits une présence qui trouble et interroge. » Chacune des voix qui s'expriment dans ce recueil donne en effet à lire les « grandes blessures » du temps, de l'Histoire, puisque toutes parlent de l'expérience de la guerre – que les personnages l'aient vécue réellement ou « par procuration », à travers les récits qu'on leur en a faits.

La guerre au cœur des nouvelles

> La guerre quelle guerre quand où pourquoi comment
> quelle
> guerre
> quand où comment
> pourquoi
> quelle
>
> « Le Sucre », p. 88.

De la guerre, il est question dans chacune des nouvelles, explicitement ou non ; elle est parfois simplement suggérée à travers les traumatismes qu'elle laisse.

Dans sept des huit récits regroupés ici, il est question de la guerre de 1939-1945. Seul le texte « La guerre est déclarée » ne renvoie pas à une période précise de l'Histoire mais envisage la guerre en général, celle qui revient comme un cycle, avec ses conséquences, ses horreurs : les restrictions, la mobilisation des forces vives, la peur, la mort. Dans « La guerre est déclarée », la narratrice imagine que « les Allemands ont à nouveau des envies d'Alsace-Lorraine », convoquant de cette manière la guerre franco-allemande de 1870-1871, qui permit à la Prusse d'annexer ce bout de territoire français ; mais elle évoque aussi la Première Guerre mondiale et le rôle que jouèrent les femmes pendant le conflit, et la Seconde Guerre mondiale, pendant laquelle les femmes, notamment les Anglaises, « diri[gèrent] les entreprises de leur pays, héroïques à leur façon tandis que les époux et les frères débarquaient sur nos côtes » (p. 25) ; elle se remémore aussi ce qu'elle a lu au sujet de la guerre de Troie (Homère, Giraudoux). Toutes les guerres se ressemblent ; toutes se confondent dans son esprit : « Y aura toujours des Troyens avec toujours une Hélène à ne pas rendre aux Grecs » (p. 24).

Les sept autres textes évoquent la Seconde Guerre mondiale, et certains font référence à des faits précis qui ont marqué cette période. La nouvelle « La Composition d'orthographe » rappelle la fusillade de vingt-sept otages à Châteaubriant le 22 octobre 1941 par les Allemands (voir dossier, p. 91), en donnant à lire des bribes de l'affiche que ces derniers placardèrent sur les murs pour « informer » la population des exécutions. Le récit « Vous auriez dû changer à Dol » parle de l'incendie de Saint-Malo en août 1944, lorsque des avions américains lancèrent des bombes sur la ville pour en déloger les Allemands (voir dossier, p. 109). La fin de « Les voilà » fait immanquablement penser au massacre qui eut lieu à Oradour-sur-Glane l'après-midi du 10 juin 1944, lorsque toute la population de ce village fut exterminée par les SS (voir dossier, p. 104-105). Sans convoquer des faits précis de l'Histoire, « Le Sucre », « Sarah », « C'était hier » ou « Le Cri » montrent quelle fut la réalité de ceux qui vécurent les « années noires ». « Le Sucre » fait allusion aux alertes qui troublaient les nuits des citadins, et surtout suggère la pénurie alimentaire qui régna pendant les années de conflit, tout comme « C'était hier », dans laquelle les enfants sont « trop heureux » de manger des « topinambours et [des] rutabagas » ; à travers le jeune garçon – qui devient ensuite le mari de la narratrice – transportant « dans le guidon de [sa] bicyclette des bouts de papier roulés, les tracts les messages pour la ronéo », cette nouvelle donne aussi à voir une figure de résistant. Le narrateur de « Sarah » raconte son départ de la capitale en juin 1940 avec sa nourrice, alors que les Allemands « fonçaient sur Paris », ce qui permet d'évoquer l'exode des populations lorsque les armées allemandes franchirent les frontières belge, hollandaise, puis française en mai 1940 ; il décrit en outre la situation de nombreux enfants juifs pendant la Seconde Guerre mondiale à travers celle de Sarah, recueillie par des fermiers qui la cachent pour éviter son arrestation et sa déportation vers les camps de concentration. « Le Cri » évoque les camps d'extermination nazis, les chambres à gaz, le personnage du kapo – c'est-à-dire détenu de droit commun relayant les SS – conduisant celle qu'il aime à la mort : « Tu lui as dit calmement, Laisse-moi t'aider à dégrafer ta robe, rassemble tes affaires en un tas pour les retrouver tout à l'heure, n'aie pas honte, c'est ainsi, la séance des douches, c'est le règlement. Tu as ajouté – peut-être – l'eau chaude te fera du bien après les fatigues du voyage ; vois, tous se préparent » (p. 78).

Guerre et mémoire

Dans chacune de ces nouvelles, la guerre est un moment de crise qui marque les individus à jamais, où les personnalités se révèlent, où les hommes sont contraints de faire des choix :

résister ou collaborer ? C'est le dilemme qui hante le photographe dans « La Composition d'orthographe ». Que doit-il faire ? Donner le cliché qu'il a pris sur le vif de celui qui a tué le soldat allemand, et ainsi permettre de garder la vie sauve à cinquante otages, cinquante innocents, comme le suggère le rapprochement avec les élèves de la classe, en même nombre ? ou bien refuser d'être un délateur, faire à son tour acte de résistance ? Collaborer ou mourir ? C'est le dilemme du kapo de la nouvelle « Le Cri ». Sauver sa vie « d'abord » ou sauver sa vie et celle des autres, dans un même mouvement ? La guerre met chaque être humain face à ses responsabilités : dans « Sarah », la nourrice abandonne l'enfant dont elle a la charge sur le bord de la route.

La guerre finie, les consciences restent marquées par cet épisode douloureux. Les souvenirs hantent les esprits qui ne parviennent pas à dépasser le traumatisme subi. Le champ lexical du souvenir est ainsi récurrent : « Je me souviens », tel est le début du texte « Les voilà » ; la grand-mère de « C'était hier » est confrontée à l'« afflux des souvenirs » ; « Rappelle-toi », « Souvenez-vous, souviens-toi » sont les mots qui font violence au narrateur du « Sucre » ; la narratrice de « La guerre est déclarée » se plaint des « rengaines » de son grand-père, qui « rép[ète] ses histoires habituelles » ; le narrateur de « Sarah » ne veut plus se rappeler le nom du pays où les fermiers l'ont hébergé, etc. Le remords et le regret liés aux événements passés rongent les personnages qui, trop perturbés, sont incapables de vivre le présent : on doit administrer des calmants à l'ancêtre de « Les voilà » pour lui permettre de « dormir un peu » ; le narrateur du récit « Le Sucre » qui, enfant, a vécu la guerre, les privations, le troc auquel se livrait sa mère pour survivre, devenu adulte et alors que la paix règne à nouveau, continue de vivre dans la peur du manque et se construit véritablement une maison de sucre, matérialisant celle représentée dans son livre de contes ; « J'en ai marre. De la nostalgie, des regrets. La vie c'est long. Je me réveille chaque matin tout recroquevillé comme dans un ventre. [...] Douceur amour pardon. C'est trop demander, j'imagine. Toujours ça me reprend, cette angoisse. Voilà que j'ai cinquante ans et je recommence à pisser au lit » (p. 67), indique le narrateur de « Sarah », responsable de l'arrestation de celle que les fermiers avaient pris soin de rebaptiser « Henriette ». Le remords, terrible, hante également le kapo de la nouvelle « Le Cri ». Pour oublier et ne plus penser, il recourt à l'effort physique, en s'adonnant à l'alpinisme : « On use ses remords dans le jeu des muscles. On cherche la fatigue du corps comme un remède au mal de l'âme. » Incapables de surmonter un passé trop pesant, ils sont incapables aussi de vivre le présent et, partant, de se projeter dans le futur. Le passé – ici la guerre – participe toujours de la construction de soi, de son identité, mais lorsqu'il est trop lourd, il empêche toute progression. En refusant d'appeler à l'aide les Allemands qui se trouvent à proximité et qui pourraient le secourir, et donc en se condamnant à mourir, le randonneur du « Cri » qui, des années auparavant, n'a pas émis un son pour sauver celle qu'il aimait, ne cherche-t-il pas à expier sa faute tout en refusant que sa vie dépende, une nouvelle fois, de ceux qu'il considère encore comme ennemis ? Si la narratrice de « La guerre est déclarée » commence par se servir de la guerre comme d'un moyen pour relativiser les tracas quotidiens et les rendre insignifiants, elle finit par être réellement habitée par la menace d'un conflit, situation qu'elle a vécue seulement à travers le discours de son grand-père, et ce passé qui n'est pas le sien l'empêche de construire son avenir : « Il [l'ami de la narratrice] parle de ce qu'on fera (si la guerre n'a pas lieu, je précise), on se mariera on aura des enfants. Et puis on. Il a tout prévu. Il parie sur notre avenir. Je me tais, je me recroqueville. C'est pas facile à endurer, la crainte. [...] J'appelle à mon secours le feu de la bataille. Supposons que l'ennemi pointe sa mitrailleuse. Qu'un obus miaule. Qu'une bombe éclate » (p. 25-26).

Dans cette perspective, le récit que font les personnages des souvenirs qui reviennent sans cesse à leur mémoire ne leur permet pas de les surmonter, ne suffit pas à les en libérer. Ils racontent ce qu'ils ont vécu, le « disent » – verbe omniprésent dans ces nouvelles –, mais ne parviennent pas à soulager leurs blessures. Le langage n'a pas ici la vertu cathartique qu'on lui connaît souvent. Il ne s'agit pas non plus de « transmettre » l'Histoire aux jeunes générations. Les enfants de « C'était hier » soulignent l'« échec » de la grand-mère qui ne réussit pas à les intéresser à son histoire : « Ta guerre à toi, mamé [...] ta guerre c'est pas drôle. [...] Ta guerre à toi quand tu racontes ça fait comme si c'était très loin, tu vois » (p. 74).

Une écriture fragmentaire

Le passé qui ressurgit dans le présent, les voix qui se mêlent – le discours du personnage qui relate son vécu, enchâssé dans le discours de celui qui rapporte cette histoire, comme dans « Les voilà » ou « C'était hier » –, ainsi que la volonté de transcrire l'oralité des échanges entre les protagonistes se signalent, dans l'écriture, par la fragmentation.

Repérable dans la mise en page des nouvelles, celle-ci s'inscrit aussi au niveau structurel – par des analepses[1] et des prolepses[2] – et au niveau syntaxique – par des phrases nominales, par l'utilisation des tirets délimitant un discours inachevé, par les bribes de texte (comme celles de l'affiche dont Annie Saumont ne donne que des « morceaux » dans « La Composition d'orthographe »).

1. *Analepses* : retours en arrière, récits d'actions passées.
2. *Prolepses* : anticipations, récits d'actions à venir.

Dans « Le Sucre », cette fragmentation du discours du narrateur semble traduire son mal-être. À bout de nerfs, il ne parvient plus à ordonner ses pensées.

Lorsqu'on interroge Annie Saumont sur ce style « découpé », elle met surtout l'accent sur l'absence de linéarité de ses récits, signale l'influence du nouveau roman et indique que cette écriture va de pair avec le rejet d'un auteur omniscient, celui précisément des romans « traditionnels », « qui pénètre l'âme des personnages, les explique, les définit et les juge (et qui en fait autant pour les objets et les événements naturels)[1] » : « On n'écrit pas seule, mais accompagnée de tout ce qu'on a lu, indique-t-elle. Mais de qui m'est venu quoi ? Le nouveau roman m'a beaucoup intéressée parce que tout à coup j'avais l'impression que ces auteurs m'enseignaient les moyens de me débarrasser de l'"auteur omniscient". En fait, cette question de la place de l'auteur n'a pas fini de m'inquiéter, je voudrais tant qu'il disparaisse. » Les points de vue se superposent. Aucune logique n'est imposée au lecteur, qui doit sans cesse rester attentif, chercher des points de repère, établir les liens entre les morceaux de discours. Ce qui est important, pour Annie Saumont, c'est que ses personnages « sonnent vrais », « ce qui n'est pas trop difficile, puisque dès qu'on les a pris au vol, ils existent ». D'une certaine manière, et pour reprendre ses mots dans « Le Sucre », ses phrases sont des « boîtes qu'on empile comme des briques. Ça tient. Sans ciment sans mortier. Si construction établie sur base parfaitement saine et plane » (p. 81).

1. Umberto Eco, *L'Œuvre ouverte*, Seuil, coll. « Points », 1965.

Seconde Guerre mondiale et Shoah

Repères historiques

1933	*30 janvier* : Hitler accède au pouvoir en Allemagne.
1933-1939	Ouverture par les nazis de camps de prisonniers (politiques, juifs, tsiganes) à Dachau, Sachsenhausen, Oranienburg, Mauthausen, Ravensbrück, Struthof…
1935	*15 septembre* : lois raciales de Nuremberg pour la « protection et l'honneur du sang allemand ». *14 novembre* : publication d'un arrêté définissant les critères d'appartenance à la communauté juive.
1938	*13 mars* : l'Allemagne annexe l'Autriche (*Anschluss*).
1939	*1er septembre* : l'Allemagne envahit la Pologne. Les juifs, regroupés de force dans des ghettos coupés du reste du monde, y meurent de faim et de maladie. *3 septembre* : la Grande-Bretagne, qui avait pris un engagement envers la Pologne, et la France, soutenant son alliée, déclarent la guerre à l'Allemagne. Généralisation du conflit.
1940	*4 mai* : ouverture du camp d'Auschwitz en Pologne. *Mai-juin* : offensive allemande sur la France. Exode des populations et fuite du gouvernement français, qui s'installe à Bordeaux le 14 juin. *18 juin* : le général de Gaulle lance de Londres son appel à la résistance. *22 juin* : signature de l'armistice marquant la défaite de la France. L'Allemagne annexe l'Alsace-Lorraine ; les départements du Nord sont rattachés au commandement allemand de Bruxelles ; le reste de la France est divisé par une « ligne de démarcation » : au Nord et à l'Ouest, les Allemands s'assurent une zone d'occupation avec une voie de communication vers l'Espagne ; au Sud, c'est la « zone libre ». *10 juillet* : le maréchal Pétain, investi des pleins pouvoirs, institue en zone Sud un nouveau régime à la place de la République : c'est l'« État français » dirigé par le gouvernement de Vichy. *3 octobre* : en France, premiers décrets du gouvernement de Vichy contre les juifs. *24 octobre* : entrevue entre Pétain et Hitler à Montoire, qui pose les bases d'une politique de « collaboration » entre la France et l'Allemagne.

1941 *31 juillet* : directive de Goering, bras droit de Hitler, donnant les pleins pouvoirs aux SS afin de trouver « la solution finale à la question juive ».
29 et 30 septembre : massacre de 33 000 juifs à Babi-Yar (Ukraine).
De septembre à décembre : premières utilisations des chambres à gaz à Auschwitz et à Chelmno.

1942 *20 janvier* : conférence de Wannsee, au cours de laquelle les principaux chefs nazis décident l'extermination massive des juifs d'Europe. Dès lors, les gazages au Zyklon B se multiplient dans les camps.
De mars à juillet : le gouvernement de Vichy prend des mesures contre les juifs (dont le port obligatoire de l'étoile jaune) et collabore à la déportation y compris en zone non occupée.
16 et 17 juillet : rafle du Vél' d'Hiv'. La police française arrête près de 13 000 juifs qui seront pour la plupart déportés en Pologne.
22 juillet : les juifs du ghetto de Varsovie commencent à être déportés massivement vers Treblinka pour y être exterminés.
22 octobre : en France, fusillade des vingt-sept otages de Châteaubriant par les Allemands (voir dossier, p. 91).
8 novembre : les Allemands envahissent la zone libre.

1943 *2 février* : victoire des Soviétiques sur les Allemands à Stalingrad.
19 avril-16 mai : le ghetto de Varsovie se soulève avant d'être anéanti par les Allemands.
2 août : tentative de révolte à Treblinka.
14 octobre : tentative de révolte à Sobibor.

1944 *6 juin* : débarquement allié en Normandie.
10 juin : massacre d'Oradour-sur-Glane par les soldats allemands (voir dossier, p. 104-105).
Novembre : fin des gazages à Auschwitz. Himmler, ministre de l'Intérieur de Hitler, ordonne de détruire les chambres à gaz afin de faire disparaître toute trace des massacres.

1945

De janvier à mai : libération progressive des camps à mesure de l'avancée alliée. Des dizaines de milliers de détenus périssent au cours des marches forcées que leur imposent les nazis : ceux-ci veulent éliminer tous les témoins des camps.
8 mai : capitulation de l'Allemagne.
18 octobre : ouverture du procès de Nuremberg, au cours duquel sont jugés les principaux dirigeants nazis pour crimes de guerre et crime contre l'humanité, notion de droit nouvellement créée.

La guerre est déclarée
et autres nouvelles

La guerre est déclarée

Toute petite déjà. Je me le répétais. Les jours où ça n'allait pas. Quand bon-papa lui rabâchait, à m'man, de sa grosse voix, Je t'ai pas élevée comme ça, et qu'elle prenait son air de chien battu. La manière de l'élever il pouvait en parler, pas de quoi en être fier, m'man un rien lui faisait peur. Ça me remuait de la voir misérable j'y pensais encore en revenant de l'épicerie-primeurs chargée d'un cabas superlourd et – dans mon angoisse sans doute – j'ouvrais la main je semais la monnaie. Arrivée sur le perron ayant vérifié que je n'avais pas le compte – c'était probable que des pièces avaient roulé sur le trottoir, à moins que je ne les aie oubliées à la caisse et je serais morte plutôt que d'y retourner et puis demander si – je me disais, Ben c'est pas un grand malheur, y a bien plus grave, bien plus tragique. Voyons – Par exemple. Décidons.

Ça pouvait être l'incendie de l'hôpital et les malades cuits entre leurs draps, ou l'explosion des bouteilles de butane entreposées dans un hangar près de l'école maternelle ou le couple de gangsters posté l'arme au poing derrière une cabine téléphonique, abattant les passants comme au jeu de massacre.

J'ai trouvé mieux : *La guerre est déclarée.* Pas vraiment mon invention. J'avais souvent écouté bon-papa qui répétait ses histoires habituelles s'attendant toujours – semblait-il – à ce que les interlocuteurs aient l'air de s'étonner avec des Oh et des Ah comme si c'était la première fois qu'il y allait de ses rengaines, donc je connaissais par cœur l'épisode qui lui avait évité une sévère dérouillée dans son enfance lorsque sans le vouloir – mais c'était voulu d'épater la galerie en se promenant sur les toits – il avait défoncé la verrière [1] du voisin, un individu colérique, et comme le père de bon-papa (ça remonte à des siècles) se mettait lui aussi à brailler, Viens-là toi que je t'étrille [2], sa mère était rentrée à la maison et encore gantée chapeautée avait crié du vestibule, VICTOR, LA GUERRE EST DÉCLARÉE. Alors, ricanait bon-papa, le sort de la verrière est devenu secondaire, y avait de quoi oublier les vertus d'une semonce [3] assortie de coups de martinet. On ne corrige pas un gamin qui a cassé quelques carreaux quand l'ennemi menace les frontières. On se dit que la vie se chargera de lui apprendre à vivre. Ou à mourir.

À mon tour d'en faire mon profit. Même si dans mon cas c'était du bluff. Bon-papa commençait à disjoncter [4] vu son grand âge j'avais mes chances. Et m'man pourrait au moins se dire que l'abandon de son mari ça lui évitait le souci de voir le beau militaire rejoindre son régiment. Équipé de sous-vêtements Damart. J'avais intérêt à proclamer la nouvelle sur le ton noble et farouche d'une femme de l'Antiquité. En hommage au vieil Homère [5] pas officiellement au programme du bac et toutefois un mec géant d'après la prof. Mon peu de goût pour Hector et Andromaque [6] m'a valu un devoir supplémentaire. Pendant que la prof m'engueulait j'ai baissé les yeux, tranquille. Je me disais, Cause toujours, la guerre est déclarée. Quand Martin, mon meilleur copain, a dragué ouvertement la nièce du proviseur qui se chargeait de lui refiler les coordonnées d'une rave [7] je me suis dit, T'as raison

1. ***Verrière*** : galerie vitrée.
2. ***Que je t'étrille*** : que je te batte.
3. ***Semonce*** : réprimande.
4. ***Disjoncter*** : perdre la tête (familier).
5. ***Homère*** : poète grec, à qui l'on attribue l'*Iliade* et l'*Odyssée* (IXe siècle av. J.-C.).
6. ***Hector*** : chef troyen, fils aîné de Priam et père d'Astyanax ; il est tué par Achille dans l'*Iliade*. ***Andromaque*** est l'épouse d'Hector et la mère d'Astyanax.
7. ***Rave*** : rassemblement festif autour d'une scène « techno ».

Martin, profite, ça ne va pas durer, les nuages s'amoncellent dans un ciel d'insouciance (hein, pas mal tourné). Parce que, pauvre bouffon, la guerre est déclarée.

Dommage que ça soit qu'une blague. Ça m'aurait changé les idées.

J'ai des idées moi aussi. À changer. Des idées noires. En ce monde qui merdouille.

Bon-papa peut encore rempiler. Dans la cavalerie[1] par exemple, sur un cheval il dominerait. Comme ce jour-là en haut de la verrière. Ça n'existe plus je suppose. La cavalerie. Ma mère dit faiblement, Mais si. Elle ajoute, Je crois. Et puis, Pourquoi tu veux savoir ? M'man est vague, incertaine, elle a été élevée à la dure on lui demandait jamais son avis, elle s'est habituée à n'avoir pas d'avis. Bon-papa, lui, a toujours eu des principes. Indiscutables. Bonne-maman très vite a pas supporté, elle s'est tirée sans complexe avec le receveur des PTT[2] qui venait d'obtenir son changement. Du nouveau bureau de poste elle téléphonait gratos à sa fille. M'man dit qu'un bisou au téléphone ressemble pas à un vrai. Non, ça n'était pas un conflit armé, juste les premiers signes concrets de la libération de la femme. Sauf que le receveur appartenait lui aussi à l'ancienne école. Et bon-papa trouvait qu'une mère ayant quitté le domicile conjugal en laissant derrière elle une enfant impubère[3] n'avait qu'à la boucler. M'man ne l'a revue, sa mère, qu'à la maison de santé, longtemps après et seulement quelques jours parce que alors elle est morte.

Maintenant j'annonce qu'on rouvre les portes de la guerre. M'man me regarde d'un air soupçonneux comme si je préparais un mauvais coup. J'explique, Ben oui, ça va recommencer – Les

---

1. ***Cavalerie*** : corps de l'armée constitué de troupes à cheval.

2. ***Receveur des PTT*** : employé de la poste, agent de perception et de contrôle.

3. ***Impubère*** : qui n'a pas encore atteint l'âge de la puberté.

Allemands ont à nouveau des envies d'Alsace-Lorraine[1]. Le Luxembourg exige un accès à la mer. D'accord, je frime, mais partout ça bagarre. Y aura toujours des Troyens avec toujours une Hélène[2] à ne pas rendre aux Grecs. Maman me supplie de me taire, Cesse de raconter des bêtises. Moi je me dis que si on était en guerre je pourrais me rendre utile ça occupe, espionnage ou soins aux blessés.

J'essaie de me figurer qu'un des éclopés – avec encore tous ses membres et pas la moitié de la tête emportée par une grenade, presque intact une fois lavé, plutôt traumatisé mais qui aurait gardé l'usage de la parole – me ferait des avances et deviendrait mon amoureux. Ce serait top.

Terminé le lycée à présent. L'*Iliade* et tout c'est du passé je suis à la fac en sciences économiques. La guerre on l'attend encore, et la petite Polyxène[3] fille d'Hécube, quand on lui demande en quoi ça consiste répond, Ça signifie qu'on meurt. C'est Giraudoux[4] qui l'a écrit. Bon-papa ne reprendra plus le commandement de sa section, il se traîne sur des jambes arthritiques[5]. Il hurle qu'on lui apporte ses anti-inflammatoires. J'ai pas eu l'occasion d'être dans l'embarras face à un ventre ouvert, j'avais lu un documentaire où on disait que les femmes pendant la Première Guerre mondiale,

---

1. Allusion à l'annexion par la Prusse, en 1871, de l'Alsace-Lorraine, qui fut réintégrée à la France en 1918. Pendant la Seconde Guerre mondiale, l'Alsace-Lorraine fut de nouveau occupée par les Allemands, en juin 1940.

2. ***Hélène*** : héroïne de l'*Iliade*. Fille de Léda et sœur de Castor et Pollux, elle épousa Ménélas, roi de Sparte ; mais Pâris, un prétendant éconduit, fils cadet de Priam, le roi de Troie, l'enleva, provoquant ainsi la guerre de Troie.

3. ***Polyxène*** : dernière fille de Priam et d'Hécube.

4. Le romancier et dramaturge Jean Giraudoux (1882-1944) exploite le sujet de l'*Iliade* dans *La guerre de Troie n'aura pas lieu* (1935), où Hélène et Polyxène échangent ces mots (acte II, scène 6) :
HÉLÈNE. – Tu sais déjà ce que c'est, la guerre ?
LA PETITE POLYXÈNE. – Je ne sais pas très bien. Je crois qu'on meurt.

5. ***Arthritiques*** : qui souffrent d'inflammation au niveau des articulations.

qu'elles soient des aristos des bourges[1] ou bien qu'elles sortent du peuple, toutes unissaient leurs efforts pour fabriquer de la charpie[2] à la tonne. Et que durant la seconde les Anglaises avaient dirigé les entreprises de leur pays, héroïques à leur façon tandis que les époux et les frères débarquaient sur nos côtes. Moi j'ai simplement grandi. Bêtement. J'ai un petit ami. D'un mètre quatre-vingt-cinq. Martin. Qui ne cesse de faire des projets. Qui parle de paix universelle. Je doute. Je dis, Martin, ce sera demain en gros titres dans le journal, ou la semaine prochaine, ORDRE DE MOBILISATION GÉNÉRALE. LES HOMMES APPARTENANT AUX CLASSES – ces jeunes qui livrent des pizzas en rollers, qui font du body building[3], acclament Madonna au Zénith, créent des start-up[4] en pagaille, s'affalent devant l'écran télé grouillant de sportifs dopés jusqu'aux yeux, ceux-là à peine plus âgés que Martin vont recevoir leur feuille de route et vont aller s'équiper d'un uniforme et d'un fusil. Martin m'embrasse et me papouille. Il me dit que je débloque. Ça ne semble pas l'inquiéter.

Y a des gens que rien ne trouble. Martin, ça lui arrive jamais. D'être en retard pour le dîner, d'avoir perdu le livret de famille (tellement chiant à remplacer), de se payer une note exécrable quand vous avez à traiter des conséquences de l'inflation[5] sur les systèmes monétaires. Je le dévisage, il est plein d'enthousiasme débordant d'énergie, moi j'ai peur. Il parle de ce qu'on fera (si la guerre n'a pas lieu, je précise), on se mariera on aura des enfants. Et puis on. Il a tout prévu. Il parie sur notre avenir. Je me tais, je me recroqueville. C'est

1. ***Aristos, bourges*** : aristocrates, bourgeoises (familier).
2. ***Charpie*** : bandes de tissu servant à faire des pansements.
3. ***Body building*** : musculation pratiquée pour « sculpter un corps ».
4. ***Start-up*** : entreprises de haute technologie, nouvellement créées et à fort potentiel de croissance.
5. ***Inflation*** : accroissement excessif des instruments de paiement (billets de banque, capitaux), qui provoque souvent une hausse des prix et une dépréciation de la monnaie.

pas facile à endurer, la crainte. Mieux vaut connaître son malheur pour tenter de l'apprivoiser. J'appelle à mon secours le feu de la bataille. Supposons que l'ennemi pointe sa mitrailleuse. Qu'un obus miaule. Qu'une bombe éclate. On saurait sur quel pied danser.

À Martin je réponds, Calmos, on discutera plus tard. Pour l'instant la prudence est de rigueur. Ce n'est vraiment pas le moment de se lancer dans des projets.

Il dit, Pourquoi ? et moi je dis, Parce que. Et je reste muette. Ça vibre au-dehors. Les populations ruminent leurs griefs [1]. Les hommes se regardent de travers. Les femmes s'éloignent à la hâte serrant leur enfant dans les bras. Ma mère réclame de l'eau pour avaler ses gélules. Et avoue qu'elle n'en espère rien, que sa déprime est chronique [2], elle la tient de sa mère à elle. Bonne-maman que le receveur des postes n'a pas su protéger. Qu'il a fait enfermer dix ans dans un asile.

À l'aide. Je flippe [3].

Dans ma tête ça bascule. Je tremble je transpire. Martin interroge, Qu'est-ce qui te prend. Je le laisse un peu me caresser puis je dis, Tu m'agaces.

Que je l'aime à moitié n'y change pas grand-chose. Je dis que l'horizon est sombre, lourd d'orage. Avec au programme le tonnerre et la foudre. Il proteste, Enfin. Voyons. Qu'est-ce que tu vas chercher.

Je panique. Y a un nœud dans ma gorge. Mes oreilles entendent grincer les gonds rouillés. Mes yeux voient les portes qui s'entrouvrent.

Qu'est-ce que j'ai. Qu'est-ce

Je sais.

Je SAIS. La guerre est déclarée.

Un soir à la maison, © Julliard, 2003.

---

1. ***Griefs*** : plaintes.
2. ***Chronique*** : qui dure longtemps et se développe lentement.
3. ***Je flippe*** : j'ai peur (argot).

Vous auriez dû changer à Dol

Veuillez présenter vos billets, messieurs-dames. Vos billets s'il vous plaît.

La voix du contrôleur résonnait étrangement dans le wagon. J'ai levé la tête, mon livre est tombé. Je me suis baissée pour le ramasser. C'était un récit de guerre. Avec des attentats et des bombardements. Une guerre que je trouvais lointaine. J'ai dix-neuf ans. Ce qui s'est passé si longtemps avant ma naissance j'appelle ça de l'Histoire.

Le contrôleur s'est planté devant moi. J'ai fouillé dans mon sac parmi les cartes de crédit le portable la boîte de tranquillisants et ma petite trousse de produits de beauté. Il a jeté un coup d'œil à mon billet. Et puis, un peu sévère, Vous auriez dû changer à Dol[1].

J'ai dit, Ah. J'ai dit, Je ne savais pas. Et maintenant ?

Vous êtes sur une voie de dégagement[2]. Rien à faire. À vos risques et périls. Vous me paraissez de bonne foi, je ne vous demande pas de supplément.

Il m'a rendu le billet. Il s'est éloigné vers le fond du wagon. Veuillez présenter – Je ne l'ai suivi des yeux qu'un instant. Le bruit a cessé, je me suis retournée, il avait disparu. Dans mon étonnement j'ai de nouveau laissé filer mon livre. Comme je m'apprêtais à le rattraper une main me l'a tendu, la main de mon voisin. J'étais sûre qu'une minute plus tôt je n'avais pas de

1. ***Dol-de-Bretagne*** : ville située à 25 km de Saint-Malo.
2. ***Voie de dégagement*** : voie de garage.

voisin. Il était là qui me souriait mais je ne le voyais qu'à peine, il semblait presque transparent. Je distinguais pourtant ses cheveux en brosse, sa veste de tweed [1]. J'ai souri à mon tour. Un sourire un peu crispé. À l'arrivée du contrôleur j'aurais juré que le compartiment était vide. Sans doute n'avais-je pas remarqué quelques voyageurs dans mon dos. Et soudain autour de moi plus une place libre. Qu'étaient devenus les sièges avec leur rembourrage de skaï [2] ? Les gens se tenaient assis sur des banquettes de bois, dans un wagon ancien bringuebalant [3] sur les rails. Ils avaient un air d'être là sans être.

Les joueurs de belote échangent des propos qui restent inaudibles. L'un d'eux proteste en silence. En silence l'autre abat des cartes. Une femme toute frisée tricote une laine tout aussi frisée, elle l'aura récupérée en se livrant à un patient détricotage.

Les quatre aiguilles de la chaussette se heurtent sans le moindre cliquetis. La femme n'est en fait qu'une silhouette et la paysanne au panier de châtaignes une aquarelle. Un môme me regarde, suçant son pouce. Il est pâle, j'ai envie de le toucher, de mettre un baiser sur sa joue. Quelque chose me retient. J'ai l'impression que le contact serait glacial. Un homme coiffé d'un feutre mou feuillette des papiers couverts d'écriture. Des jeunes filles blêmes se confient leurs secrets, elles chuchotent et courbent le front, les cheveux sagement retenus par des pinces. L'une d'elles au long de ses jambes nues a tracé la couture de bas imaginaires. Les teintes sont fanées, même le rouge sur leurs lèvres a perdu son éclat.

Plus loin encore un garçon de quinze ou seize ans se ronge les ongles, lançant des regards furtifs vers l'extrémité du wagon où sont assis deux officiers en vert-de-gris [4]. Ils fument et ne semblent

1. ***Tweed*** : tissu de laine.
2. ***Skaï*** : tissu imitant le cuir.
3. ***Bringuebalant*** : se balançant.
4. ***Vert-de-gris*** : vert grisâtre ; désigne la couleur de l'uniforme des soldats allemands.

pas lui prêter attention. Ils parlent ou du moins leur bouche forme des mots. Que je n'entends pas. La petite fille dort appuyée contre la tricoteuse. Un geste brusque de sa mère perdant ses mailles la réveille. Elle bat des paupières et balance ses pieds chaussés de sandales aux semelles de bois. La maman fronce les sourcils et le prof assis en face corrigeant ses copies esquisse un geste d'indulgence.

L'officier à la casquette plate, aux joues bien rasées, extrait de sa serviette un papier plié. Il l'ouvre et le passe à son compagnon qui pose une question écoute la réponse et incline la tête. Tous deux se lèvent. Fini les conversations muettes. Un coup d'œil alentour, les voyageurs contemplent leurs genoux, seule la fillette dévisage tranquillement les hommes en uniforme qui se dirigent vers l'extrémité du wagon. Le garçon se recroqueville, enfonçant les mains dans les poches de son blouson.

La brume de ce jour d'automne a pénétré dans le train. Au travers je vois l'un des officiers se pencher vers le garçon qui hésite, sortant de sa poche un document fripé. L'officier le tend à l'autre gradé, il ricane. Je les vois s'emparer du garçon. Je les vois se diriger avec lui jusqu'à la plate-forme. Le professeur ôte ses lunettes. Personne ne bronche. Seule la maman étouffe ce qui doit être un gémissement. Je bondis, gagnant de vitesse les deux tortionnaires [1] qui traînent leur proie vers la portière. *En cas de nécessité tirer le signal d'alarme.* Je tire. Grincement de freins. Le train s'immobilise.

Là je ne sais plus. On m'a accusée d'avoir perturbé la marche du train sans raison valable. *Tout abus sera puni.* J'ai protesté, j'ai dit que je m'étais trouvée dans une situation critique, c'était un cas de force majeure. Je tentais vainement de me justifier on me rétorquait que j'étais la seule voyageuse je ne pouvais me sentir menacée. Têtue, j'ai refusé de payer une amende.

1. ***Tortionnaires*** : personnes qui font subir des tortures.

Après le procès-verbal je veux comprendre. À Rennes où je fais mes études je consulte les archives. Il me faut des heures de recherches pour découvrir un article contenant quelque information. En 1944 un attentat était prévu entre Dol et Saint-Malo. La voie ferrée sauterait durant la nuit. Un retard a provoqué le drame. Le modeste train du matin a été pulvérisé, le feu a tout réduit en cendres. Je suis la victime d'une hallucination, cet article j'avais dû le lire déjà en première année de fac au cours d'un travail universitaire sur la destruction de la cité malouine[1] – cinq cent mille mètres cubes de décombres – durant la guerre de 1940.

Je comparais devant le tribunal correctionnel. *A sciemment et délibérément causé l'arrêt du train. A refusé de payer l'amende.* Comment expliquer qu'en ce jour d'octobre un moyen de transport anodin s'est changé en train fantôme véhiculant des voyageurs fantômes ? On me croira folle, ces choses ne se racontent pas. Je n'ai pas voulu d'avocat. Je dis que ce matin-là je me sentais plutôt mal, la veille je m'étais couchée tard, à l'aube j'avais eu recours aux gélules – je montre la boîte – prescrites par un médecin, je lis la notice, *risque de somnolence*. Je dis que j'ai somnolé, que j'ai eu un cauchemar. Tirer la poignée en cas de danger. J'ai cru qu'il y avait danger. Le juge interroge, Quelle sorte de danger ? Insistant, Pouvez-vous préciser. Je crie que sûrement ils avaient l'intention de le jeter par la portière. Qui donc ? Ce garçon. De quoi parlez-vous, dit le juge. Je bafouille, Non, c'est dans mon rêve. Le juge me regarde fixement, Vous devez apprendre à vous méfier des rêves. J'ai lu dans ses yeux comme un avertissement. Il pose mon dossier sur la pile des affaires en instance. Sa main tremble. Ses ongles sont rongés.

1. ***Malouine*** : adjectif pour désigner ce qui se rapporte à la ville de Saint-Malo.

Il me condamne à un mois de travaux d'intérêt général[1]. Des circonstances atténuantes me donnent droit au report de la peine jusqu'aux vacances d'été, mes études n'en souffriront pas.

En juillet on me convoque. Vous êtes affectée au restaurant communautaire de Saint-Malo. Vous ferez quotidiennement cinq heures de service et de plonge. Chaque jour vous devrez signer la feuille de présence.

Quand je suis allée à la gare me renseigner sur les horaires des trains l'employée au guichet m'a déclaré calmement, Mais non, vous ne changez pas à Dol. Elle pianotait sur son clavier. J'ai dit, Bon ça va, merci.

J'ai pris l'autocar.

J'arrive à l'adresse indiquée. C'est derrière les remparts, près du palais de justice, au bas de l'Enclos de la Résistance. Un immeuble de quatre étages à la belle façade de granit, sans enseigne. Rien qui indique l'existence d'un restaurant subventionné offrant des repas aux plus démunis. J'ai lu des notes sur les rescos[2] pendant la guerre. Ce terme existe-t-il encore ? On n'entend plus parler que des Restos du cœur.

Un ouvrier travaille sur le trottoir, il a soulevé la plaque de l'égout et se prépare à descendre. Je me précipite pour l'interroger. Je demande. J'insiste, j'invente, C'est pour un emploi-jeune. Vraiment ? dit l'homme. Qui vous a envoyée ? Y a des gens qui perdent complètement la tête. Le restaurant communautaire a été détruit à la fin de la guerre. Lorsque toute la ville a brûlé. On a reconstruit en granit, les pierres ça dure, les villes ça se rebâtit la vie continue mais les hommes passent, les choses se transforment. Ceux qui vous envoient sont pas clairs. Il dit que lui ne connaît pas les détails, n'était pas là n'était pas né. On lui a raconté que la

---

1. ***Travaux d'intérêt général*** : peine substitutive à une mesure d'emprisonnement (abréviation : TIG).

2. ***Rescos*** : restaurants communautaires créés à Paris en décembre 1942, destinés à aider les plus démunis.

ville avait été évacuée. Les derniers qui s'obstinaient à ne pas la quitter s'entassaient dans les abris. On n'en sortait que pour la bouffe. Quand les Amerloques ont lancé l'attaque le resco a été touché par une bombe incendiaire.

L'homme a vérifié l'échelle, s'est enfoncé dans le trou, refermant sur lui le couvercle. J'ai téléphoné au tribunal de Rennes. La secrétaire a hésité, puis m'a dit que monsieur le juge venait de prendre un congé. Pour convenances personnelles. Je recevrais ultérieurement une nouvelle affectation.

Les goélands font un grand vacarme.

C'est l'été, je vais sur la grève, j'emporte un livre et je ne lis pas. J'emporte mes cours et je n'étudie pas. Je m'assois le dos contre le quai, j'attends. Je regarde l'eau qui monte.

C'est rien, ça va passer,

Les voilà

Je me souvions, dit-il. Partout on n'entendait plus que ça, Les voilà les voilà. Dans les bistrots chez le boulanger le cordonnier le droguiste, au bureau de tabac à la sortie de l'école et même sous le porche de l'église tandis que près du bénitier[1] s'effleuraient les doigts mouillés d'eau consacrée. Partout et toujours un murmure obstiné une rumeur persistante, Les voilà ils arrivent.

Il dit, Moi j'étais petit. Le ciel était immense. Je courais sous le ciel. Je renversais la tête l'odeur du vent annonçait leur approche. Ils franchissaient des mers des continents. Ils avançaient en une parfaite formation triangulaire, si beaux ces oiseaux migrateurs qu'on n'avait pas de mots pour le dire, on fredonnait comme une rengaine, Les voilà les voilà les voilà.

Il dit encore, J'étais petit. Je courais avec les copains le long du chemin de terre. On voulait se poster là-bas au carrefour de la grand-route et dans un instant nos mères paraîtraient sur le seuil des maisons pour nous crier qu'il faudrait songer à tirer l'eau du puits, à réciter nos leçons préparer nos cartables. Alors on filait à toutes jambes afin d'être au bout du monde quand elles appelleraient. Ainsi pourrions-nous proclamer effrontément notre innocence, les cartables étaient prêts, et comment aurions-nous su que c'était le moment de remplir les jarres ? Mais on savait que c'était l'heure du passage des coureurs cyclistes. On s'attroupait sur le bitume en un lieu interdit, nos mères souvent

1. ***Bénitier*** : vasque destinée à contenir de l'eau bénite, dans laquelle on immerge le bout des doigts avant de faire son signe de croix.

recommandaient, N'allez pas jusqu'à la route. Et nous, au bord de la route on trépignait, Ah les voilà.

Les voilà quel bonheur les jours de soleil. Le portail de l'école se referme. Les cousins vont demain débarquer des carrioles. Les cousins qui partageront nos jeux et ces travaux de l'été qui partagés seront des jeux. Les cousines au regard malicieux et tendre. Je parle, dit-il, d'un village où la vie était simple et tranquille[1]. C'est ce qu'on pensait alors. Moi j'étais petit. On pensait aussi qu'il n'y avait pas de raison pour que ça finisse. Et puis.

Il y a eu soudain comme une amertume. Une lassitude. L'envie d'autre chose. L'attrait des histoires colportées par les gens de l'errance, le rémouleur[2] les forains. Les histoires d'une contrée lointaine où étaient venus s'installer ceux qui possédaient de l'or des moteurs des machines et tout le pays en tirait profit gagnant en force et en puissance. On le disait. Les grandes personnes. Moi j'étais petit.

Les voilà les voilà, qu'est-ce qu'il a encore à brailler. Et l'enfant – moi ou un autre – avouait que ce hurlement sauvage c'était juste pour s'amuser. Pour s'amuser, vraiment – s'indignait la mère, tu t'expliqueras avec ton père. Ce qui laissait présager du pain sec au souper et la soirée dans le cabinet noir, le débarras fermé d'un gros verrou. L'enfant exaspéré redisant à pleine voix, Ils arrivent. Baissant les yeux. Murmurant à présent, Et ils vont tous vous tuer.

La blouse bleue se penche vers l'ancêtre. Apaisante, Mais oui vous les verrez bientôt c'est promis. La blouse bleue est vive et douce. Les blouses blanches, dit-il, étaient plus sévères. L'ancêtre grimace un sourire, la blouse bleue noue la bavette autour du cou décharné, approche la cuiller de la bouche édentée s'efforce de la glisser entre les lèvres. Qui bafouillent, Non, pas maintenant.

1. Référence à un poème de Verlaine dans le recueil *Sagesse* (III, 6) : « Mon Dieu, mon Dieu, la vie est là, / Simple et tranquille. / Cette paisible rumeur-là / Vient de la ville. »

2. ***Rémouleur*** : artisan, généralement ambulant, qui aiguise les instruments tranchants.

Parce que maintenant les voilà j'étais sûr qu'ils viendraient me chercher. Mon fils ma fille. Vous n'imaginez tout de même pas qu'ils ont l'intention de m'abandonner à l'hospice[1]. Voyons ce n'est pas l'hospice c'est la maison de retraite, L'Abri on l'appelle. Et le vieux qui n'écoute pas, qui n'entend plus, Les voilà les voilà. Vite mon pantalon mon gilet mes chaussures, je rentre chez nous je veux mes affaires.

Sur le bord de la route en bitume on attendait vainement, dit-il, que surgisse le favori échappé du peloton. On avait dû se tromper de jour. Ou bien un orage effroyable avait éclaté pendant la dernière étape et le pont s'était effondré, frappé par la foudre. Mais soudain on retrouvait l'espoir, la voix d'un grand s'affermissait pour déclarer avec un regain d'enthousiasme comme si un très violent désir pouvait influer sur le cours des choses, Les voilà les voilà les voilà. Moi, dit-il, j'étais petit.

Pour un petit – pas très sage – dit-il encore, rien n'était plus terrifiant qu'une heure au cabinet noir. Même si le prisonnier finissait par s'étendre sur les dalles et de ce réduit[2] obscur peu à peu distinguait vaguement un plafond qu'il appelait le ciel et qu'il peuplait d'oiseaux.

Lorsque le coupable sortait du cachot les yeux bouffis de pleurs et de rêves personne ne se souciait plus de ce qu'il avait fait, on avait oublié la faute on avait même oublié la punition. Dit-il. Pourtant la mère bougonnait, Gare à toi. Quand ils viendront. Se reprenant, incertaine, S'ils viennent. Et le père se moquait d'elle, Je te vois déjà pauvre folle parcourir tout le village pour annoncer la bonne nouvelle. Pendant que le pot-au-feu débordera sur le fourneau.

C'était ainsi. On se laissait persuader qu'au-delà des collines en ces pays où d'autres si longtemps avaient attendu, espéré, ils

1. ***Hospice*** : établissement destiné à accueillir des orphelins, des enfants abandonnés, des vieillards, des infirmes, des malades incurables.
2. ***Réduit*** : local exigu et sombre.

étaient venus et tout avait changé. On aurait bien aimé quémander quelques détails auprès des coureurs cyclistes mais il n'en passait plus on ignorait pourquoi. Et puis comment arrêter un coureur pieds coincés sur les pédales mains crispées sur le guidon, et à toute allure dévalant la pente ? Autant vouloir arrêter un oiseau migrateur.

L'air était presque immobile ce jour-là, c'était dimanche. L'air immobile avait un goût de fête. Un goût de tarte aux fruits cuisant dans le four. Les femmes au fond des maisons s'attardaient à leur toilette. Les hommes assis autour des tables devant le café sur la place réclamaient les cartes. Ils battaient coupaient distribuaient. Des poings martelaient gaiement le bois verni. On entendait aussi des jurons et le brouhaha des paris.

Moi, dit-il, j'étais enfermé dans le cabinet noir. Un dimanche jour du Seigneur. J'avais désobéi, sans doute. Et on doit se montrer sévère avec les gamins rebelles car à la moindre faiblesse les voilà qui tournent mal. Les voilà qui. Les voilà —

Oh cette fois les voilà. De mon placard j'ai entendu, dit-il. Les voilà les voilà. Je tambourine contre la porte. La mère a ouvert la porte elle ôtait son tablier elle criait, Sors. On te pardonne ils sont là.

L'ancêtre est encore agité. La blouse bleue déclare qu'il faut lui faire une piqûre, lui donner un calmant. Une autre blouse bleue objecte que seules les blouses blanches savent ce qu'il est bon d'administrer aux pensionnaires. C'est sans danger dit la blouse bleue, ça lui permettra de dormir un peu. L'ancêtre a hurlé quand on a relevé la manche de sa chemise, noué le garrot autour de son bras. La blouse bleue grondait doucement, Voulez-vous bien vous taire. Une ombre un instant sur les draps, le ciel s'obscurcissait d'une volée d'oiseaux.

La mère a commandé, dit-il, Ne traîne pas, habille-toi. Sans plus songer que c'était mon refus de mettre les vêtements du dimanche qui m'avait valu le cabinet noir. Un dimanche matin. Quand approchait l'heure de la messe. Elle ne pensait plus à la messe. Elle décidait, Il faut les accueillir. Aller au moins jusqu'à la grand-route. En ce temps il y avait encore des hameaux des bourgs qui ne connaissaient pas la peur, où la vie était paisible, pour tous une vie sans drame, tous à l'exception des enfants condamnés au cachot, des vieillards condamnés à l'asile. J'ai enfilé ma culotte des jours ordinaires, rapiécée.

Dit-il.

La chaleur devenait pesante on s'exclamait, Les voilà qui arrivent juste avant l'orage. On était très heureux. Les mioches folâtrant au bord de la route, les mères si troublées, rieuses, qu'elles en oubliaient leurs Restez tranquilles. Les pères, eux aussi applaudissant quand se sont avancés les soldats juchés sur d'énormes engins, les gentils monstres de ces histoires qu'on nous avait contées. Ces histoires qui finissent bien.

Dès que les visiteurs ont été assemblés sur la place entre les tables où gisaient les cartes retournées alignant leur dos de papier glacé multicolore, celui qui paraissait le chef a indiqué, d'une voix calme – le village entier se taisait à présent – Les hommes ici, les femmes et les enfants là. Et serrez-vous si vous voulez être tous sur les photos-souvenirs qu'on affichera à la mairie.

Moi je ne voulais pas. Dit-il. Moi je disais toujours non aux ordres et encore non aux menaces. Dit-il, Quand j'étais petit. Oh ça suffit les caprices. Lorsque quelqu'un a protesté, Ce maudit gosse va nous gâcher la fête, lorsqu'une main s'est levée pour me corriger d'une taloche j'ai couru.

Personne n'a su que j'étais revenu me cacher derrière la fontaine. De là je voyais sans être vu. Je les trouvais beaux, les soldats. Ils ont répété, Serrez-vous. Puis ils ont lancé les grenades.

Parfois je m'imagine, dit-il après un long silence, que ce sont les oiseaux migrateurs qui à coups de bec et de griffes ont ouvert les poitrines et défoncé les crânes, On ne peut accuser du massacre le peloton des coureurs cyclistes s'acharnant à monter la colline trempés de sueur, muscles noués par les crampes. Non plus les fils dénaturés des pensionnaires de l'hospice. Non plus les cousins-cousines qu'on attendait pour les vacances. Et non plus le rémouleur.

Parfois, dit-il, j'entends parler de l'ancêtre. On prétend qu'il a survécu. La piqûre l'avait fait dormir. Puis il aurait dû mourir de vieillesse.

Parfois, dit-il, je me raconte que tout ça n'est que le cauchemar d'un enfant sensible qu'on a trop souvent enfermé dans le noir. Un enfant de parents inconnus élevé dans un orphelinat sous le règne de blouses bleues et blanches.

Je ne sais pas. Dit-il encore. Comment savoir. Je n'ai jamais vraiment grandi.

Les voilà, quel bonheur,

La Composition d'orthographe

Se levant. Les gamins en blouse noire. Sortant de leurs bancs à grand bruit de galoches. Et lui, le photographe, s'arrêtant un instant dans sa progression vers l'estrade. Disant, Bonjour les enfants. Derrière la fenêtre l'azur partait du ciel.

Elle. L'institutrice, debout sur l'estrade écrivant au tableau et qui lance, Entrez, sans même tourner la tête, terminant le beau titre calligraphié à la craie blanche *Dictée : Composition mensuelle*. Elle pivotant sur ses semelles de bois, Ah. Bonjour monsieur. C'est pour.

Lui. Le photographe. Lourde sacoche à l'épaule et tenant malaisément un pied-support métallique (la grosse bague de laiton brille contre son coude) le posant au bord de l'estrade et serrant la main tendue de la jeune femme en blouse à carreaux bleus et blancs (la main d'abord essuyée sur la blouse laissant dans le bleu une trace blanchâtre), Bonjour madame, oui, pour la photo.

Puis elle – l'institutrice – petite et mince mais le tissu de cotonnade se tend sur une poitrine ronde, elle, jeune pâle et blonde s'emparant de sa longue règle de bois et faisant face aux écoliers, corps bien droit regard impérieux, aux gamins, de neuf à dix ans qui s'excitent et chuchotent, La photo, hé chic, hé c'est bath[1] – jusqu'au coup sec de la règle sur le bureau. Et aussitôt le calme est rétabli. Seulement troublé par le raclement des chaussures

1. ***Bath*** : chouette, super.

contre la barre des pupitres quand elle dit, Assis. Et les bras se croisent et des index se posent en travers des lèvres.

C'est le début de l'année scolaire. Il y a deux jours le lieutenant-colonel H, officier en poste sur la côte et visitant la ville, a été abattu dans la rue d'une balle de revolver.

Disant – le photographe – qu'il faudrait grouper les enfants. Dans le préau peut-être. Elle acquiesce, Oui c'est là que. D'habitude. Mais vous venez pour la première fois. N'est-ce pas ?

Et lui – le photographe – expliquant comme à regret (il a laissé glisser de son épaule la sacoche brune et la retient à bout de bras par l'anneau de la courroie) qu'il a récemment accepté de travailler pour le compte d'une agence (« Photos Art et Presse », la PAP en termes de métier précise-t-il). On lui a d'abord demandé d'illustrer un reportage sur les vieilles maisons du centre. Il est allé place du marché. Disant oui que ce jour-là l'éclairage était superbe (ne disant pas que ce jour-là était le jour de l'attentat).

L'agence lui avait procuré des bons-matière [1] pour la pelloche. Elle plissant le front, Pelloche ? Lui, La pellicule, et comme il en restait un bout encore intact on l'a chargé au journal de rapporter la photo d'une classe confiée à une institutrice, pour la série LES FEMMES ASSURENT LA RELÈVE, souriant (le photographe) ajoutant qu'il a eu de la chance, qu'il aurait pu être envoyé dans la classe d'une fée Carabosse mais que les gars de la rédaction avaient dû faire leur petite enquête, elle (l'institutrice) l'arrêtant d'un regard sévère et un moment on croirait qu'elle va lui taper sur les doigts. Alors lui un peu confus se baissant pour reprendre son matériel, disant qu'il pourrait déjà s'installer dans le préau puisque c'est là qu'il opérera, quand les enfants seront prêts.

Disant, avant de refermer la porte (le préau n'est pas loin de la classe, juste la cour à traverser) que les enfants devraient bien ôter

1. ***Bons-matière*** : bons contre lesquels on peut obtenir de la « matière » (ici la pellicule), utilisés en période de rationnement.

leurs blouses. Car, ajoute-t-il, du noir contre du noir et encore du noir ça manquera de relief. Elle demandant, Monsieur le Directeur a donné son accord ? Il dit oui sans trop savoir si elle parle de la photo ou des blouses.

Dans le préau disposant – le photographe aidé par la femme de service – quelques bancs courts et étroits en deux rangées parallèles. Puis dépliant le trépied. Fixant dessus l'appareil, et la femme en savates et sarrau[1] de toile grise le contemple poings sur les hanches, Ça coûte cher faudrait pas que ça tombe. Une dernière fois hochant la tête, Ben au revoir monsieur. Déjà la demie et j'ai encore à nettoyer les cabinets.

Disant (l'institutrice) que si chacun laisse sa blouse sur son pupitre, en revenant du préau on se remettra plus vite au travail. Un jour de composition d'orthographe le temps perdu c'est un accent et une virgule qu'on garde au bout de la plume.

Ne disant pas, l'enfant au premier rang, Je veux pas ôter ma blouse parce que dessous j'ai le moche gilet tout râpé à mon grand frère j'aurais l'air d'un orphelin.

Insistant, l'institutrice, Dépêchons-nous. Ceux qui ont des tabliers fermés dans le dos demandez l'aide d'un camarade, bon exercice d'application après la leçon de morale sur la solidarité. Ne disant pas, l'enfant dans l'allée centrale, Je veux pas ôter ma blouse parce que j'ai une pièce à mon pantalon. Là justement où. C'est mon p'tit Jésus qui frotte contre l'étoffe. Ma mère crie que mon p'tit Jésus si j'arrêtais d'y toucher il ferait pas sa grosse enflette qui use comme ça entre les jambes. Mais je peux pas m'empêcher.

Disant encore, l'institutrice, Martin Damois Lefèvre Arnoux Bernstein Huet Renaud Duponchelle ôtez vos blouses, ne traînez pas. Quand on est au cours moyen on doit savoir se débrouiller avec les boutons et les boutonnières. Et un gamin de dernière

1. ***Sarrau*** : blouse de travail, courte et ample, portée par-dessus les vêtements.

division (c'est Lefèvre ou bien Damois), Si elle veut que j'enlève la blouse alors tant pis j'avale ma gomme. Répétant (l'institutrice), Aussitôt prêts en rangs par deux. Et sans bavardage je vous prie.

Donc ne disant pas (l'enfant au pupitre du fond, sous le portrait d'un Maréchal qu'elle a – l'institutrice – relégué dans le coin le plus sombre et le directeur a froncé les sourcils) ne disant pas puisque le moindre mot est interdit et qu'il y a bien sûr tant de choses à cacher, Je vais pas ôter ma blouse pour la raison que j'ai fourré des biscuits vitaminés entre ma chemise et mon tricot. C'est la maîtresse des petits qui me les a refilés quand elle a vu que j'avais vu (oui, qu'elle en avait piqué). La maîtresse des petits elle ressemble à Greta Garbo [1] dans *Cinémagazine* [2] alors même que, j'aurais rien dit.

Attendant. Et parce que dehors le soleil flamboie, lui, le photographe, sortant du préau. Franchissant la grille toute proche. Et revoyant sur le mur l'affiche qu'il a lue tout à l'heure.

Comme première mesure de représailles
J'ai ordonné qu'on fusille cinquante otages

Levant les yeux vers le ciel. Bleu. Parfaitement bleu et calme. Tel il l'a vu deux jours plus tôt bleu et calme au-dessus de la ville quand il a transporté son appareil jusqu'à l'angle nord-est du boulevard pour photographier les maisons de la place. Vieilles, bâties sur pans de bois au début du XVIIe siècle ou peut-être à la fin du XVIe. Un regard sur notre passé, ce serait le titre de l'article. Un regard qui était d'abord celui d'un homme du temps présent,

1. ***Greta Garbo***: actrice de cinéma suédoise, naturalisée américaine (1905-1990). Surnommée «la Divine», elle fut l'une des plus grandes stars des années 1930, avec Marlène Dietrich. Elle a notamment joué dans *La Reine Christine* (1933) et *Anna Karénine* (1935).
2. ***Cinémagazine***: magazine des années 1930-1940 consacré au cinéma, comme *Cinémonde*, *Mon film* ou *Pour vous*.

planté devant la plus belle des anciennes demeures de notables puis s'approchant pour mieux observer les détails. Regard aigu sous la casquette plate. Torse moulé dans le drap vert-de-gris [1]. Arme au ceinturon, jodhpurs [2] et bottes de cuir.

Comme première mesure de représailles

Lui – le photographe – pressé ce jour-là de prendre ses clichés, voulant profiter de la douce lumière du soir si éphémère. Mais qui attend. Cependant que l'officier arpente le trottoir aux pavés inégaux, un intrus dérangeant l'harmonie du tableau. Qui attend (le photographe) que l'intrus s'éloigne et disparaisse. Et pour tromper son attente s'applique, l'appareil bien en main, à cadrer là-bas vers la ruelle le réverbère aux feuilles d'acanthe [3] à côté du banc public.

C'est alors que.

Puisque c'est ainsi j'attendrai. A déclaré l'institutrice. Que cesse une telle agitation. Où vous croyez-vous donc ? Bon, mains sur la tête. Je vois encore deux ou trois lambins qui n'ont pas ôté leur blouse. Disant, Ceux-là ont trente secondes pour se préparer et si ça ne leur suffit pas ils resteront en classe à copier le résumé sur les invasions des Barbares au premier siècle de notre ère.

Ne disant pas, l'enfant au bout de la rangée cherchant à se dissimuler derrière un camarade plus grand, Je veux pas ôter ma blouse parce que j'ai peur qu'on me la fauche. Une blouse plus belle que celle des copains. Ma mère a mis à l'encolure de l'écossais rouge et vert, un biais ça s'appelle. Ne disant pas, l'enfant accroupi près de son cartable et qui feint de renouer le lacet de

1. ***Vert-de-gris*** : voir note 4, p. 28.
2. ***Jodhpurs*** : pantalons longs, serrés à partir du genou et utilisés pour monter à cheval.
3. ***Feuilles d'acanthe*** : ornements d'architecture imités des feuilles de la plante du même nom.

sa galoche, Je veux pas ôter ma blouse à cause de l'étoile jaune que je cache sous ma blouse et quand je l'enlèverai (ma blouse) les autres ils la verront (l'étoile) et en récré ils me courront après.

Si elle me fait ôter ma blouse, gloup j'avale mon taille-crayon.

S'en revenant. Le photographe. Vérifiant la position du trépied. Effaçant les plis du voile noir. Puis allant chercher la chaise qu'il a vue au fond du préau. Écartant les bancs pour la placer dans l'axe de l'appareil.

La double file des enfants à travers la cour. Et la maîtresse, J'ai dit silence. Échangeant – les enfants – quelques bourrades[1] sournoises, mais pris d'une crainte respectueuse en découvrant l'œil magique. À l'exception d'un effronté qui s'arrête face au trépied pour esquisser en ricanant une furtive génuflexion[2].

Disant, l'institutrice, quand elle a rassemblé ses élèves à l'alignement des robinets surmontant la longue gouttière de zinc et le métal terni est marqué d'auréoles et dans une cuvette d'émail coule le filet d'eau rouillée qui sourd d'un joint desserré, disant. On ne bouge pas. Monsieur va vous indiquer vos places. Et c'est alors qu'il demande, Combien sont-ils ? Et qu'elle répond, Cinquante.

Conduisant les gamins vers les bancs. Doucement, pas de bousculade. Des enfants calmés maintenant, l'air grave, presque solennel.

Un beau matin d'octobre.

J'ai ordonné qu'on fusille

C'est sur l'affiche. Dehors, l'affiche collée au mur près de la grille. Dans le soleil. Cinquante otages pour un coup de feu qui n'a guère fait plus de bruit que n'en fera tout à l'heure le déclic de

1. ***Bourrades*** : poussées données avec le coude ou le poing.
2. ***Génuflexion*** : fléchissement du genou en signe d'adoration, de respect, de soumission.

l'appareil devant les cinquante écoliers du cours moyen (Groupe Jules-Ferry).

Toutes informations utiles devront
être déposées au

Si nettement l'entendant encore (le coup de feu, un seul mais le tireur savait viser) ; ne disant pas (le photographe), Je n'oublierai jamais. Ne disant rien. Disant seulement d'une voix tranquille, frôlant de la main la laine rêche d'un chandail, Toi qui es petit, au premier rang. Et sans brusquerie poussant une épaule, Toi qui es plus grand va derrière, entre tes deux camarades.

S'appliquant – le photographe – à mener à bien sa tâche. S'assurant que toute la classe est dans le champ de l'objectif. Disant, Serrez à droite. Non à gauche maintenant, juste un peu. Disant, Sur ce banc, hé rapprochez-vous. Toi, monte. Toi qui sembles si leste, un cabri[1].

Comme première mesure de représailles

Leste, rapide. Courant. L'homme. Lui le photographe voyant tomber l'officier et d'un geste instinctif de reporter sur le terrain dirigeant l'appareil photo vers l'homme qui courait. Qui tournait au coin de la ruelle. Qui disparaissait englouti par l'ombre des murs. Courant dans la ruelle. Ne sachant pas que son image vient d'être fixée sur le film. Que désormais sa vie, à un contre cinquante, est dans les mains du photographe.

Grimpé sur le banc l'enfant qui tout à l'heure a plié le genou devant le Kodak en un geste de dérision. Heurtant du coude son voisin. Demandant, Tu l'as lue toi, l'affiche ? Ben sur le mur de l'école. Ma mère à moi ce matin elle a dit, Lis. Non tu n'es pas en retard, lis. Ma mère elle a dit aussi que faudra jamais oublier.

1. ***Cabri*** : petit de la chèvre.

Si le meurtrier ne serait pas saisi
d'ici le 26 octobre à minuit,
cinquante otages seront exécutés.

Disant que même qu'il est jamais premier il croit que c'est pas comme ça qu'on devrait dire. Ne serait pas saisi. Que ceux qui l'ont écrit on voit bien qu'ils viennent d'un autre pays. Et son voisin immobile regard fixe, remuant à peine les lèvres, Toi tu crois qu'il sera saisi ? D'abord ça veut dire quoi, saisi ? Ferme-la. Ou bien on se retrouve au piquet.

Disant. Le photographe. Ceux du premier rang n'allongez pas les jambes. Ajoutant (non, pas lui, l'institutrice), Joignez les genoux et croisez les bras.

Disant encore. Le photographe. Levez le menton mais sans grimace. Deuxième rang, bras retombant souplement. Vous les costauds perchés sur les bancs du fond assurez votre équilibre. Toi essuie ton nez mon garçon. Boutonne le col de la chemise.

L'institutrice face à la classe. Ne disant pas, C'est bien, mais seulement, Ça peut aller. Puis se dirigeant vers la chaise et plus un gamin ne bronche.

S'asseyant. Elle aussi genoux serrés. Buste raide (aux rondeurs pourtant évidentes). Elle aussi menton levé. Regardant droit vers l'appareil.

Regardant. L'institutrice. Ce matin à l'entrée de l'école, immobile regardant l'affiche.

ont tué, à coups de feu tirés traîtreusement
Si le meurtrier ne serait pas saisi

Mal dit. Certes. Incorrect. Mais sûrement pas un sujet d'exercice de grammaire (le discours de l'affiche) et non plus (l'attentat) un sujet à aborder en morale ou instruction civique. Décidant

– l'institutrice, ce matin lisant l'affiche – que la classe réciterait comme prévu le résumé sur les Barbares vaincus aux champs Catalauniques [1]. Puis on en ferait une dictée. Texte de moyenne difficulté. Préparé. Qui conviendrait très bien pour la composition.

Sous le préau. Cinquante enfants à présent tous en place, tendus dans l'effort de rester immobiles. Cinquante visages au sourire crispé (attention, pas de grimace). Cinquante enfants bras croisés ou ballants. Au deuxième rang un seul tient le bras droit replié sur la poitrine, cachant mal quelque chose épinglé au chandail.

Lui. Déjà. Le photographe. Déjà entré dans le temps où il va voir. Et savoir. Après les travaux d'atelier. Agiter le film dans le révélateur [2]. Lavage rinçage fixage séchage [3]. Il verra. Avant même d'utiliser l'agrandisseur [4]. Sur le négatif l'image de la classe. Sur le reste de la pellicule, des vieilles maisons au soleil couchant. Et puis. Les instantanés d'un homme qui s'enfuit. Recherché pour avoir abattu il y a deux jours un officier des troupes d'occupation. Lieutenant-colonel H.

Toutes informations utiles devront
être déposées aux services de la police.

Disant. S'il vous plaît, encore une minute. Redressons-nous. Je prends un dernier cliché. Attention. On ne bouge plus.

Merci les enfants.

---

1. ***Champs Catalauniques*** : plaine située près de Troyes où Aetius, à la tête d'une coalition de Francs, de Burgondes et de Wisigoths, vainquit Attila, roi des Huns, en 451.
2. ***Révélateur*** : solution employée pour le développement photographique, qui permet de faire apparaître (révéler) l'image.
3. ***Lavage rinçage fixage séchage*** : il s'agit des différentes étapes du développement d'une pellicule photographique.
4. ***Agrandisseur*** : appareil servant aux agrandissements photographiques.

Brouhaha très vite apaisé par l'intervention de l'institutrice qui de nouveau réclame le silence.

Fréhaut Martin Lavallée Dutellier vous remettez les bancs le long du mur. Rapidement et sans bruit.

Devant l'affiche. Seul à présent. Le photographe. Ayant glissé l'appareil dans la sacoche, replié le support, salué l'institutrice. Encore effleuré de la main l'épaule d'un des écoliers qui garde les doigts crispés sur une étoile de chiffon. Pressons, dit l'institutrice, en rangs par deux, si la dictée n'est pas terminée quand sonnera la cloche pas de récréation.

Ne disant pas (les enfants) Un homme qui *court*, c'est quoi qu'on met au bout du mot ? Comment ça s'écrit *otages* ? Est-ce qu'il faut un z à *fusille* ?

Toutes informations utiles devront

Ne disant pas – le photographe, seul et contemplant l'affiche – que c'est à peine s'il a vu l'homme courir vers la ruelle. Un réflexe de journaliste. A inscrit sur le film. Mais il n'a jamais voulu. Non. Il a pris la photo de classe. La photo de cinquante enfants qui ont mélangé leurs blouses, perdu les sous pour la cantine, et maintenant à leur pupitre mordillent le porte-plume, jettent un coup d'œil furtif sur le cahier du voisin, rêvant de champs Catalauniques où on irait jouer au foot.

Ne disant pas ne disant pas. Le photographe. Que leurs regards de ce matin, leurs derniers regards innocents, les regards d'avant le temps des choix et des angoisses il vient de les effacer, d'effacer aussi l'étoile, d'effacer l'homme qui s'enfuit, la vie de cinquante otages, en ouvrant d'un geste hâtif et maladroit le boîtier de l'appareil photo. Y faisant pénétrer la lumière d'un jour d'octobre ensoleillé.

Je ne suis pas un camion,

Sarah[1]

Un coup de tonnerre, les nuées qui se déchirent et la Vierge apparaîtrait en robe bleue voile blanc couronne dorée. Et nous ses enfants on chanterait en chœur *Marie notre mère Entend nos prières*. Ou bien on tomberait à genoux, muets de stupeur transis d'amour. Une adoration éperdue qui apaiserait l'angoisse. On serait là tous réunis, le P-DG des Plastiques Souples-durs les employés de la même boîte et jusqu'au garçon de course, les serveurs du restaurant Cheng spécialités cantonaises, la vendeuse des Produits d'Auvergne, rue des Gravilliers[2], presque en face de cette boulangerie-pâtisserie où les croissants sont extra (vu leur prix pas étonnant, sûrement faits au beurre des Charentes), le type un peu schnoque[3] de l'Agence des transports, les bourgeois de l'immeuble remis à neuf rue des Vertus, les retraités du quartier qui prennent au Lutèce-bar leur blanc sec quotidien. La Vierge, elle se produirait dans la partie sud de la rue Beaubourg, et ainsi à l'arrière-plan il y aurait les tours de Notre-Dame. De petits nuages floconneux (certains même y verraient la tête bouclée des anges) cacheraient les tuyauteries bleu-jaune-rouge du Centre Pompidou. Des ondes de douceur, de tendresse se propageraient tout au long de la rue Rambuteau et sur la place. Les avaleurs de verre pilé, les

---

1. ***Sarah*** : nom de l'épouse d'Abraham et de la mère d'Isaac dans la Bible.

2. ***Rue des Gravilliers, rue des Vertus, Notre-Dame, Centre Pompidou...*** : le début de cette nouvelle situe l'histoire à Paris, dans le quartier du Marais, au centre de la capitale.

3. ***Schnoque*** : imbécile, fou (familier).

danseurs de smurf[1] arrêteraient leurs simagrées[2] pour déclarer, On vous salue, Marie. Et le verre pilé deviendrait manne céleste. Les musiciens tireraient de leur gratte des airs si suaves qu'un punk au blouson clouté se reconvertirait soudain en hippy extatique[3]. Voilà ce que je demande à Dieu. Un miracle. Il nous a donné son fils, bon, qu'il me donne aussi sa mère. Qu'il me la donne et je croirai en lui. Au long des chemins je prêcherai pour son compte, bien qu'ayant passé l'âge du vagabondage. Ou du moins j'irai à la messe de sept heures chaque matin.

À Saint-Nicolas-des-Champs. Parce que c'est l'église de mon quartier. Et aussi parce que c'est l'église où fut déposé il y a un demi-siècle un nouveau-né, pour seul viatique[4] un bout de papier épinglé à ses langes avec en grosses lettres maladroites SU PORTE PA LE LÉ. Pa le lé, donc ma mère était quasiment sans instruction mais plus tard lorsqu'on m'a dit ça – j'avais dans les sept ou huit ans et je ne connaissais rien au régime alimentaire des bébés – j'ai compris SUPPORTE PAS LE LAID et je me suis mis à ne pas pouvoir supporter toutes les choses laides chez ma nourrice, les chromos[5] sur les murs, la pèlerine[6] à capuchon qu'elle m'imposait pour l'école et l'herpès[7] qui chaque printemps fleurissait au coin de ses lèvres. Je n'avais jamais eu beaucoup d'affection pour ma nounou de l'Assistance ni elle pour moi d'ailleurs, quand bien même elle prétendait que si elle avait seulement cherché le gain en me prenant à son foyer (rue de Montmorency premier étage sur cour, au-dessus d'une verrière[8] que j'ai un jour traversée comme on

1. ***Smurf***: danse caractérisée par des mouvements saccadés à la manière d'un robot et par des figures acrobatiques au sol.
2. ***Simagrées*** : petites comédies.
3. ***Extatique*** : en extase.
4. ***Viatique*** : ici, bien (du latin *viaticum*, « provisions, argent pour le voyage »).
5. ***Chromos*** : images en couleur, de mauvais goût.
6. ***Pèlerine*** : manteau sans manches, ample, souvent muni d'un capuchon.
7. ***Herpès*** : affection cutanée.
8. ***Verrière*** : voir note 1, p. 22.

traverse la pellicule de glace trop mince sur un étang et ma foi je m'en suis pas mal tiré, avec quelques estafilades [1] et deux beignes) elle aurait très vite déchanté vu que l'État payait des misères. Disait-elle.

J'ai grandi là, ne supportant pas le laid ni le lait ; pour le lait on ne me forçait pas mais pour le laid c'est plus compliqué, ça ne se définit que très subjectivement, le laid le beau ça n'est pas comme noir et blanc question classement catégoriel, je m'en suis bien aperçu quand je fabriquais des lunettes (en vraie écaille de tortue, on découpait des plaques de carapace, oh pas sur la tortue vivante quelle horreur j'aurais jamais pu – il y avait des gens qui les trouvaient belles mes montures et d'autres non, certains les jugeaient ordinaires et même franchement disgracieuses). Revenons-en à nos moutons ; qui sont des oies. En fait je n'ai pas encore parlé des oies. Ce que j'allais dire, avant les lunettes et ça nous mène aux oies, c'est que j'ai quitté le quartier en 40 lorsque tout le monde ou presque a pris la route. L'exode [2] m'a emporté jusqu'à une ferme où on élevait des oies. Disons plutôt une ferme où on élevait des foies. L'oie elle comptait pas, elle existait à peine, elle était simplement le réceptacle [3] d'un foie gras en puissance. Un foie sur pattes et qui gueulait. D'accord, bête comme une oie c'est la formule habituelle, mais une oie qu'on gave je ne vois pas comment ça pourrait être intelligent. En supposant qu'on lui ait entonné [4] de force des pâtées au maïs tiède, même Einstein [5] je me demande s'il aurait continué à être un génie.

---

1. ***Estafilades*** : entailles.
2. ***Exode*** : fuite des populations civiles devant l'invasion allemande en mai et juin 1940.
3. ***Réceptacle*** : contenant, emplacement.
4. ***Qu'on lui ait entonné*** : qu'on l'ait gavé de.
5. ***Einstein*** : physicien allemand, naturalisé suisse puis américain (1879-1955). On lui doit notamment la théorie de la relativité.

Ça m'éloigne du miracle attendu. Mais Dieu n'aimerait sûrement pas que j'insiste. Je ne vais pas le menacer, Envoie-moi ta Sainte Mère sur l'heure ou bien tu t'en repentiras. Dieu qui se repent, on aurait tout vu. Seigneur si tu me refuses ma petite apparition je fous le bordel dans ton monde à la con. Un monde où on gave les oies avec un entonnoir et un pilon[1]. Tu as permis ça. Un monde où on tue joyeusement tous azimuts[2]. On tue les bêtes on tue les hommes. On s'entre-tue. Roi de Gloire ton monde à toi. Bon, j'arrête. Faudrait prendre garde à ne pas se mettre trop mal avec Dieu. La colère de l'Éternel dans la Bible quelle histoire. Sodome et Gomorrhe réduites en cendres, la femme de Loth[3] changée en statue de sel pour avoir tourné la tête (quand on fuit l'endroit où on a vécu ça doit rudement démanger de se retourner une dernière fois), le malheureux Moïse[4] privé d'entrer en Terre promise parce qu'il a fait jaillir les eaux de la discorde et ainsi ce n'est pas lui qui a conduit son

1. ***Pilon*** : instrument utilisé pour piler et tasser.

2. ***Tous azimuts*** : dans toutes les directions, dans tous les sens.

3. Sodome, ancienne ville cananéenne (du pays de Canaan : Palestine et Phénicie), aujourd'hui Sedom, fut, avec Gomorrhe et d'autres cités de la mer Morte, détruite par un cataclysme au XIXe siècle av. J.-C. La Bible rapporte l'histoire légendaire de cette catastrophe, dont elle fait une punition de Dieu contre les habitants de ces lieux, infidèles et immoraux (Genèse, 19). La femme de Loth (neveu d'Abraham qui échappa à la destruction de Sodome) fut changée en statue de sel pour avoir regardé derrière elle lorsqu'elle fuyait la ville.

4. ***Moïse*** : prophète, fondateur de la religion et de la nation d'Israël (XIIIe siècle av. J.-C.). Dans la Bible, après la vision du Buisson ardent, qui lui révéla sa mission, il prit la tête des Israélites (Hébreux), les fit sortir d'Égypte où ils étaient les esclaves de Pharaon et les guida pendant quarante ans dans le désert (Exode). À plusieurs reprises, le manque d'eau et de nourriture fit se révolter les Israélites contre Moïse et Yahvé, provoquant la colère de ce dernier qui, cependant, montra chaque fois à Moïse la manière de les contenter. C'est ainsi que Yahvé ordonna à Moïse, contre qui le peuple s'était une nouvelle fois rebellé, de « parle[r] au rocher » pour en faire jaillir de l'eau. Moïse frappa le rocher et l'eau coula en abondance (Nombres, 20, 8-13). Mais, parce que Moïse avait douté un temps de la Parole de Dieu, Yahvé lui refusa l'entrée en Terre promise (Deutéronome, 32, 51-52).

peuple au pays de Canaan[1]. Après quarante ans d'errance les enfants d'Israël finirent par l'habiter, leur terre. Pour ce qu'ils y ont gagné – le peuple élu est devenu le peuple qui a crucifié Jésus et maintenant un peuple qui a toujours bien des chats à fouetter.

Les chats, les tortues, les volailles. Les innocents de Bethléem massacrés par les soldats d'Hérode[2] sans que Dieu lève le petit doigt. Si Dieu avait montré un brin de vigilance, sans doute elle vivrait tranquille dans ce trou perdu, Sarah, gavant les oies. Ce serait une bonne femme dans les cinquante-cinq ans mariée depuis trente ans avec un fermier du coin ; elle aurait des filles qui gaveraient les oies. Le gavage des oies n'a pas beaucoup changé, paraît-il. Ça n'est qu'un peu plus barbare encore avec les machines nouvelles ; le top model étant une gaveuse huit vitesses qui débite sa centaine d'oies à l'heure quand à la main trente c'est un maximum. Le principe est resté le même, toujours l'entonnoir, et le maïs qu'on pousse dans l'œsophage. En raison des progrès techniques la fermière (ce sont les femmes qui opèrent, les salopes) ne tourne plus la moulinette elle se contente de faire glisser la pâtée jusqu'au jabot[3] par un habile massage du cou de l'animal. Ça exige du doigté, de la finesse. Elle masse avec force et douceur, avec fougue et tendresse elle en mouille sa culotte, et elle y va des deux mains à présent que le pilon fonctionne à l'électricité.

Aujourd'hui y a des gens dit-on qui préconisent l'autogavage, on charcuterait les volailles on leur retirerait quelque chose du côté de l'hypothalamus[4] pour leur donner la boulimie et elles

---

1. ***Pays*** (ou terre) ***de Canaan*** : nom biblique de la Phénicie-Palestine, habitée par les Cananéens. C'est la Terre promise des Israélites, qui la conquirent aux XIIe et XIe siècle av. J.-C.

2. Allusion au massacre des Innocents perpétré sur ordre d'Hérode, roi des Juifs à l'époque de la naissance du Christ (Évangile de Matthieu, 2, 16). Hérode, craignant pour son pouvoir, avait, à l'annonce de la venue du Messie, demandé la mise à mort de tous les nouveau-nés mâles.

3. ***Jabot*** : poche de l'œsophage de certains animaux, dans laquelle les aliments séjournent.

4. ***Hypothalamus*** : région située à la base du cerveau et où se trouvent .../...

s'empiffreraient de leur plein gré. Sérieuse économie de temps donc d'argent mais ce serait la faillite des PME qui fournissent les appareils brevetés SGDG[1].

Sarah. La belle Sarah dite Henriette gavait les oies. Elle nouait un fichu sur ses cheveux épais qui tombent jusqu'à la taille quand elle défait son chignon. Un chignon qui n'en est pas un ; plutôt une tirebouchonnade de mèches souples mal fixées par un peigne et quelques épingles. Henriette. Les fermiers l'appelaient Henriette.

Mais d'abord avant tout ça j'étais moi chez cette nourrice de l'Assistance, à Paris rue de Montmorency 3e (la rue Chapon juste à côté, c'est pour plus tard). En juin 40 y avait onze ans que ma mère m'avait laissé dans la chapelle à Marie de l'église Saint-Nicolas-des-Champs. Bon, c'était peut-être pas ma mère qui m'avait mis là. C'était peut-être une femme en mal d'enfant comme on dit dans les journaux, qui m'avait volé à ma mère et puis avait pris peur en apprenant que la police se mêlait de rechercher un lardon[2] par ailleurs plutôt encombrant et s'était débarrassée de moi dans l'église la plus proche. Ma mère entre-temps hélas était morte de chagrin. Suffit. Juin 40 j'ai dit. Et voilà que le quartier s'est affolé. Les Allemands fonçaient sur Paris. Pas question de les attendre, on serait coincés en pleine bataille. Si les Allemands entraient dans Paris ils tueraient tout le monde. Des trains démarraient encore de la gare d'Austerlitz. Ma nourrice et moi on a marché jusqu'au métro République chargés d'énormes bagages. J'avais onze ans, j'étais assez fort pour mon âge mais j'ai quand même eu de la peine à porter le sac rempli des draps brodés main que ma nourrice ne voulait pas abandonner, les draps pur fil de son trousseau

---

.../... de nombreux centres régulateurs des grandes fonctions (faim, soif, activité sexuelle, sommeil-éveil, thermorégulation).

1. ***SGDG*** : abréviation pour « sans garantie du gouvernement ». Lorsqu'un brevet est délivré « sans garantie du gouvernement », cela signifie que l'État ne garantit pas la qualité ni la valeur de l'invention.

2. ***Lardon*** : petit enfant (populaire).

(le sac restera dans le fossé entre Vendôme et Château-Renault [1], avec ses draps pur fil inusables bien pliés). Boulevard du Temple on s'est trouvés dans la cohue. On a compris que tout Paris déménageait. À la gare on a vu un train sur les voies avec sa loco qui fumait, on ne savait pas trop où il allait, vers Bordeaux sans doute. On est montés. Un tas de gens faisaient pareil, d'autres disaient qu'ils prendraient le train suivant parce que ce serait un rapide, c'était écrit sur les horaires. Mais la SNCF s'en foutait bien à présent, des horaires. Le train n'est parti qu'en fin d'après-midi, il a roulé à très petite vitesse avec des haltes répétées comme si le mécanicien soudain piquait un somme. On ignorait ce qui se passait, on n'osait pas même s'informer. Dans notre compartiment une femme pleurait ; une autre lui a demandé, Qu'est-ce qui ne va pas ? elle a rien répondu. Le train ne s'arrêtait jamais dans les gares alors on n'était pas plus serrés qu'au départ c'est-à-dire pas tellement ; un train bien rempli, sans plus, avec des gens vautrés dans les couloirs. Certains ont sorti des cartes. Ils ont joué un moment. Jusqu'à la nuit. On parlait à mi-voix. Y en avait qui chantonnaient mais le cœur n'y était guère. On a essayé de dormir, quelqu'un a fait un cauchemar et a crié, Ça va sauter. Ça n'a pas sauté. Quand le train s'est immobilisé pour de vrai – et cette fois un homme en cotte bleue s'est déplacé au long de la voie annonçant qu'un essieu était rompu – on a continué à pied. Ma nourrice et moi et d'autres. On était en pleine campagne. Vers les cinq heures du matin. On voyait par-ci par-là des vaches qu'avaient pas encore été mitraillées (ça viendrait) et dans une ferme on a pu boire un verre de lait encore chaud sortant du pis ; moi qui supporte pas le lait j'ai supporté.

Sarah, chez les Duroux, au même instant elle devait en être à enfiler ses socquettes, nouer la ceinture de sa blouse à carreaux.

1. ***Vendôme*** : chef-lieu d'arrondissement du Loir-et-Cher, sur le Loir ; ***Château-Renault*** : chef-lieu de canton d'Indre-et-Loire, sur la Brenne (entre Vendôme et Tours).

Puis elle tremperait une tartine de gros pain dans son bol de café clair avant d'aller gaver les oies.

Quand je l'ai vue pour la première fois, Sarah (Henriette) elle n'était pas accroupie une oie entre les jambes. Elle se tenait devant la table de la grande cuisine versant dans une lessiveuse le maïs d'un sac de jute et ça faisait une coulée de perles tout en soleil. Elle avait la tête un peu penchée, ses cheveux aussi coulaient, sur ses tempes sur ses épaules et dans son cou. Noirs et luisants. Je n'étais qu'un gamin mais je l'ai trouvée jolie. Moi qui ne supportais pas le laid. C'est plus tard seulement que j'ai su qu'elle était une tortionnaire.

Plus tard ça veut dire le lendemain matin à l'heure du gavage. Il y avait dans l'appentis [1] un bataillon d'oies sacrifiées, le corps éclaté, pendues par le cou à des crochets. Et sur des linges blancs les foies. Aussitôt le foie sorti de l'oie jetez-le dans une bassine d'eau fraîche. Laissez-le tremper dix minutes. Puis séchez-le avec un torchon propre. Des foies énormes, sept fois plus gros qu'un foie normal constatait la patronne ravie. Et elle a dit, Prends ça Henriette, tu l'as bien mérité ma petite, en lui donnant une pièce de monnaie qu'Henriette a vite enfoncée dans la poche de son tablier.

Mais j'en étais au bol de lait chez les fermiers du Loir-et-Cher ; c'est à l'arrivée sur la grand-route que l'aventure a mal tourné. Quand on a débouché au carrefour, ma nourrice et moi, tout de suite on a été bousculés par la foule, y avait des piétons, des cyclistes, des voitures d'enfants des autos des charrettes. Et ça descendait vers le sud avec un barda [2] du tonnerre qui circulait sur roues ou à dos d'homme, ou à bras d'hommes de femmes et de gosses, des caisses des boîtes des valises, des matelas des tables

1. ***Appentis*** : hangar, remise.
2. ***Barda*** : chargement.

de nuit des carillons de salon des cages d'oiseaux des baluchons des corbeilles et des poupons dans les corbeilles – là-dessus un avion qui s'amène et en piqué lâche quelque chose qu'on ne voit pas mais qui fait qu'on entend des hurlements et qu'on voit – Le type aux mauvais rêves il avait pas eu tort de crier ça va sauter. Parce que ça saute et ça retombe ensanglanté.

J'aime pas y penser. On s'est quand même remis en marche, ma nourrice et moi, ce premier jour avec du sang. Puis elle m'a laissé un moment qui me soulageais dans le fossé ; comme je la rejoignais en boutonnant ma culotte elle palabrait [1] avec un mec pas tout jeune, plutôt bien bâti et sympa qu'avait une petite Terrot [2] et voilà ma nourrice qui me dit, Écoute, il offre de me prendre avec lui. (Faut croire qu'elle était belle femme, j'avais jamais remarqué.) Elle a dit encore, Écoute, avec mon genou esquinté après cette chute dans l'escalier moi je tiens plus debout mais toi tu es solide, je t'attendrai à Tours. Sur la borne j'ai vu Tours, 30 km. Je suis resté abasourdi. De la frime la chute dans l'escalier. J'avais onze ans (sauf que j'en paraissais treize ou quatorze) et dans tout ce remuement l'Assistance payait plus rien pour moi mais quand même c'était pas une raison.

Chez les Duroux, j'étais pas censé m'occuper des oies. Je travaillais avec le patron, Armand Duroux, qui me faisait bêcher, désempierrer comme il disait, ou étaler le fumier. Les oies je leur coupais simplement des orties bien fraîches. Elles aiment ça les oies. On les leur donne hachées, c'est plein de vitamines. Un gavage ne doit se pratiquer que sur des sujets en parfaite santé (*dixit* le Manuel des travaux rustiques). Donc les oies on les dorlote. Quand elles ont enfin la grande forme le supplice peut commencer.

---

1. ***Palabrait*** : discourait, discutait interminablement.
2. ***Terrot*** : marque de motocyclette.

Gavage : *à intervalles réguliers. D'abord deux fois par jour, puis trois fois, matin midi et soir, dès le quatrième jour. Compter trente jours de gavage en moyenne.*

Durant la première semaine : s'en tenir quotidiennement et par sujet à 1 kilo de maïs de bonne qualité et récolté bien sec.

Durant la deuxième semaine : passer à 1 kilo 4.

Pendant la période de gavage l'animal doit absorber 25 kilos de grain.

Fournir l'eau fraîche à volonté. La renouveler fréquemment. On ajoutera à chaque litre d'eau une cuillerée de bicarbonate.

Du bicarbonate pour qu'elles dégobillent pas. Les oies. Ça pourrait leur arriver aux oies de le vomir ce sacré maïs ; alors tout serait gâché. C'est un métier qui demande de la vigilance, du savoir-faire. Un travail de précision, du soigné.

La honte.

Les Duroux ils m'ont gardé parce que leur fils était mobilisé. Il est resté quatre ans prisonnier quelque part en Bavière. À la ferme ça manquait de bras. Moi pour mon âge j'étais assez dur à la besogne, ma nourrice m'avait habitué à descendre les poubelles, monter le charbon, rapporter les provisions. Chez les Duroux j'ai eu très vite des ampoules aux mains et du cal [1] aux talons mais la campagne j'aimais bien.

Plus tard, beaucoup plus tard, j'ai fabriqué des montures de lunettes. Et bizarrement le polissage des morceaux d'écaille de tortue me faisait penser aux oies. Pourtant les tortues on les torture pas. J'ai l'air de jouer avec les mots mais c'est juste une constatation réconfortante. On torture pas les tortues on les tue humainement paraît-il. Encore que l'humain, dans l'affaire —

1. ***Cal*** : durillon, épaississement et durcissement de l'épiderme produits par frottement ou pression répétée.

Utilisation de la gaveuse manuelle : *elle se compose d'un long entonnoir où pénètre une vis sans fin reliée à une manivelle. Remplir l'entonnoir de maïs tiède pas trop cuit (les grains encore bien détachés). Actionner la manivelle au rythme de trois fois à la minute. Aider le maïs à descendre par un mouvement de haut en bas exercé sur toute la surface du cou. Prendre garde à ne pas insister lorsque le jabot est plein, il risquerait d'éclater.*

Sarah (Henriette) je lui disais, Ça t'est égal de tourmenter ces pauvres bêtes ? Elle a répondu qu'elle avait pas le choix, qu'elle avait nulle part où aller. Pas de maison, pas d'argent. Elle a dit, Tes parents à toi s'ils étaient morts tu comprendrais. C'est que moi je lui racontais, à Sarah-Henriette, quand madame Duroux était pas dans le coin, qu'un jour mon père et ma mère rappliqueraient pour payer ma pension. Henriette voulait bien avoir l'air de me croire.

Elle et moi on s'entendait pas trop mal à part la question des oies. Elle me disait fais ci fais ça mais c'était pas une emmerdeuse. Elle raccommodait mes habits. Grosso modo ; du moins elle s'arrangeait pour qu'ils me tiennent sur le corps. En échange je lui brossais les cheveux pendant des heures ; j'exagère, pas des heures, dix minutes chaque matin et pareil le soir, elle aimait. Moi aussi j'y prenais du plaisir ; et encore elle me demandait de lui couper les ongles des orteils. Elle avait de très jolis pieds ; marcher en sabots les abîmait pas.

Lorsqu'on était tous les deux assis devant les écuelles de soupe au potiron (quel bonheur ces potirons, quel triomphe, y en avait plein le jardin potager, ça prospérait sans engrais et madame Duroux affirmait qu'on ne connaissait rien de mieux pour la croissance) je me disais, C'est quand même une chance que je sois pas seul chez les Duroux, seul je me serais drôlement emmerdé, une chance qu'il y ait Henriette. Alors je pensais aux oies et à cause des oies je pouvais à peine lui parler à Henriette parce qu'en plus de les gaver, les oies, elle leur disait des mots doux, ma cocotte, ma poulette et quelque chose comme « maïn eïsèlè [1] » en leur tapotant le cou affectueusement mais c'était pour faciliter le passage des grains spécialement lubrifiés [2]. Ça se terminerait par la pièce de vingt sous que madame Duroux glisserait dans la main habile d'Henriette. Dis, Henriette, qu'est-ce que tu vas en faire ? C'est pour m'acheter du linge. Après la guerre. Ça m'a rappelé les draps brodés qu'étaient peut-être encore dans le fossé cachés sous les ronces près d'une borne kilométrique du Loir-et-Cher, les draps pur fil de ma nourrice qui avait dit qu'elle m'attendrait à Tours devant l'hôtel de ville et elle m'attendait vraiment mais avec un trou dans la tête et le type à la moto attendait pour toujours avec elle, une roue de sa bécane lui rentrant dans le ventre. Voilà pourquoi un militaire qui droppait [3] en traction [4] vers le sud s'est apitoyé sur mon sort, il m'a dit, Tes parents t'as plus qu'à prier pour eux mon gars, viens, je t'emmène jusqu'à Périgueux [5], et il m'a refilé du pain et une boîte de vache-qui-rit, et sur la boîte y avait cette vache qui se fend la pipe une boîte pendant à chaque oreille et dessus encore une vache avec une boîte à chaque oreille et ça continue à perpète, un cadeau arrivé recta [6] pour calmer la fringale qui me saisissait brutalement – je m'étais tapé tous ces kilomètres sans autre carburant que le verre de lait du matin dans la ferme aux vaches justement, avant l'embranchement de la nationale.

Le pire pour les oies c'est à la fin ; lorsqu'elles n'en peuvent plus d'avoir tellement grossi et de trimbaler un foie hypertrophié [7],

---

1. *Maïn eïsèlè* : mot tendre yiddish. La signification exacte est « petit âne », mais on peut traduire par « mon trésor », « mon chéri ».

2. *Lubrifiés* : rendus glissants.

3. *Droppait* : se dirigeait avec empressement (familier).

4. *Traction* : voiture à traction avant (dont la transmission de l'effort moteur est répartie entre les roues avant de l'automobile).

5. *Périgueux* : chef-lieu de département de la Dordogne, ancienne capitale du Périgord (pays du foie gras).

6. *Recta* : adverbe latin qui signifie « tout droit ».

7. *Hypertrophié* : trop gros, développé à l'excès.

monstrueux. Faut pas louper le bon moment, disait Henriette, pour s'arrêter de gaver ou bien le foie tourne en purée. Elle avait lu ça dans le livre mais elle en parlait comme si elle avait toujours su et qu'elle tenait à m'expliquer. Je me bouchais les oreilles ; elle criait que c'est trop facile de faire le délicat lorsqu'on a des parents qui vont venir avec leurs économies. Madame Duroux rôdait par là, j'étais vexé que Sarah elle ait pas gardé ça pour elle et quand les Duroux m'ont demandé j'ai été bien forcé d'admettre que c'était de la pure invention, que la famille j'en avais pas. Les Duroux ils s'en foutaient, je bossais pour payer mes soupes au potiron.

Le jour de mes dix-huit ans j'ai décidé de quitter le pays, son nom je veux plus le savoir, disons Trifouillis-les-Oies. Ça m'a pris subitos et j'ai pigé du même coup que ça remontait à loin cette envie. Je suis rentré à Paris. Suite à une annonce de *France-Soir* [1] j'ai commencé à travailler dans la lunetterie, à fabriquer des montures en écaille. On m'avait proposé un logement rue Chapon (ça me poursuivait, les volailles [2]), une rue parallèle à la rue où autrefois vivait ma nourrice et encore un peu plus près de l'endroit que ma mère – ou quelqu'un d'autre – avait choisi pour me confier à la charité publique. Rue Chapon au 48 dans un immeuble ouvrant sur une petite cour, c'est toujours là que j'habite. Parfois le samedi après-midi j'allais traîner du côté de ces maisons où on vend de la bouffe de luxe, comme Hédiard, comme Fauchon [3]. Je cherchais dans les casiers les bocaux de foie gras des Duroux j'en voyais pas, les Duroux collaient sur leurs bocaux des étiquettes où se pavanait une oie toute fringante, cou tendu vers le ciel pour un sifflement glorieux. Et c'était écrit en rouge sang : *Ferme Duroux, à —*. Je me disais qu'ils n'auraient jamais une autre gaveuse de la classe de Sarah. Pardon, d'Henriette. Moi j'avais détesté cet air quasiment

1. ***France-Soir*** : quotidien national.
2. Un chapon est un jeune coq châtré que l'on engraisse pour la table.
3. ***Hédiard*, *Fauchon*** : nom d'épiceries fines.

maternel qu'elle se donnait lorsqu'elle s'emparait d'une oie et sa façon de déclarer d'un ton très satisfait, Bon encore trois jours ma fille, quand le jabot de la pauvre bête était rempli à éclater.

Les Allemands en garnison à Périgueux ont fini par trouver le chemin de la ferme. Le foie gras les attirait. L'Oberleutnant [1] on le voyait souvent. Madame Duroux disait, Te montre pas, Henriette. J'ai dû croire un temps que c'était pour empêcher qu'il la baratine, Henriette, vu qu'elle devenait rudement chouette, je m'en rendais compte quand même j'avais que treize ans et qu'elle me traitait en petit môme.

On l'appelait toujours Henriette. J'oubliais que son vrai nom c'était Sarah. Ça m'est revenu le jour où elle a voulu que je l'aide à tuer les oies. Sarah ça doit être pareil que Sara ou Saraï deux mots dans la Bible, qui signifient princesse. Et justement je lui ai dit, Tu vas pas jouer à ta princesse, lorsqu'elle a voulu que j'obéisse, que je prenne le couteau.

On s'est demandé comment les Allemands avaient appris – pour le foie gras. Les Duroux ne faisaient pas de réclame. Leurs produits se vendaient bien, à des clients fidèles, de gros bourgeois qui payaient sans broncher au tarif marché noir. Mais les Allemands ont su, ils sont venus. Ils venaient acheter du foie gras pour envoyer à leur famille. Les soldats disaient, Sehr gut [2]. L'Oberleutnant était plus discret, lui ne disait pas sehr gut mais il choisissait les bocaux que son ordonnance [3] emportait dans un cageot jusqu'à la Volkswagen garée devant la barrière. Madame Duroux assurait qu'en fournissant du foie gras à l'occupant on empêcherait que le maïs soit réquisitionné pour aller nourrir les volailles du Grand Reich [4].

---

1. ***Oberleutnant*** : « lieutenant », en allemand.

2. ***Sehr gut*** : « très bon », en allemand.

3. ***Ordonnance*** : soldat attaché à un officier.

4. ***Grand Reich*** : IIIe Reich, c'est-à-dire l'Allemagne nationale-socialiste de Hitler (1933-1945) ; *Reich* signifie « empire » en allemand.

Donc il y a eu ce moment où Henriette m'a commandé de l'aider à tuer les oies. Des bêtes fin prêtes, gavées trente fois trois fois par jour et puis gardées à jeun pendant vingt-quatre heures. La mise à mort des oies ça se fait tôt le matin c'est écrit dans le manuel. Comme pour les hommes. Henriette berçait la victime dans ses bras, elle lui a prodigué des caresses elle lui a murmuré, Ma poulette, et elle m'a donné le couteau. Elle a dit, Je la tiens par les pattes et toi tu lui coupes le cou. Tu tranches ici tu vois, la carotide[1] ça s'appelle. Faut que le sang parte tout de suite ou le foie serait taché. Dans le livre c'était écrit *maintenir fermement l'animal la tête en bas pour lui laisser le temps de se vider de son sang*. J'avais le couteau à la main, l'oie était encore blottie contre la poitrine de Sarah, les seins gonflant sa blouse, je regardais le couteau et puis l'arrondi des seins, je me sentais tout faible j'avais envie de chialer.

Elle a redit, Henriette, C'est toi qui la saignes. Je n'ai pas osé protester parce que madame Duroux était dans les parages et la Duroux je savais bien qu'elle comptait plus qu'on viendrait me chercher et payer ma pension avec peut-être une récompense en prime. L'oie elle a braillé, on a entendu un gargouillis et le sang a giclé dans la cuvette, alors j'ai eu beau reculer ça a fait du poisseux du gluant d'un rouge vermeil qui très vite a tourné au brun dans le bas de mon pantalon. Sarah (ou plutôt Henriette) en avait sur ses pieds nus qu'elle a essuyés après avec une poignée de paille.

C'est elle qui a plumé l'oie. Elle disait que le duvet lui chatouillait le nez. Elle aussi qu'a éventré l'oie pour lui enlever le foie. Elle a crié, Qu'il est beau qu'il est mignon – comme si c'était un bébé nouveau-né. Cette nuit-là j'ai pissé au lit. Le lendemain il a bien fallu que je sorte ma literie au soleil. La Duroux a taillé dans une bâche de quoi protéger la paillasse. Elle a dit, T'as pas honte à ton âge. J'avais honte pour le sang versé. Qui avait éclaboussé les jolis pieds de Sarah. Les femmes, quelle engeance[2]. Ça vous

1. ***Carotide*** : artère qui conduit le sang du cœur à la tête.
2. ***Engeance*** : catégorie de personnes méprisables ou détestables.

dépose sur les dalles d'une église, ça vous laisse en plan entre Orléans et Tours et sous la mitraille, ça vous oblige à manier le couteau quand vous avez horreur du sang, ça vous dit oh t'as pas honte, alors on continue à pisser au lit. J'ai continué. Je pouvais plus regarder Henriette. Et surtout pas les seins d'Henriette qui avaient un peu trembloté tandis qu'elle serrait l'oie contre elle, la cajolait avant le massacre. Ce jour-là j'ai su que les femmes je voulais plus les fréquenter. J'ai su que madame Duroux me gardait pour l'unique raison que j'étais un bon jardinier, que ma nourrice avait jamais eu l'intention de m'attendre au bord de la route, que ma mère m'avait bel et bien abandonné, que Sarah s'en moquait de tourmenter les oies ; les femmes vont dans la vie tout droit, rien les arrête. Et quand même je peux pas m'empêcher de dire à Dieu, Montre-moi ta Sainte Mère. Comme si j'avais là ma seule chance de me réconcilier avec l'autre sexe. Comme si c'était important d'essayer.

Rue Chapon, au 48 – voilà trente ans que j'y habite escalier B dernier étage sur cour – il est arrivé une nouvelle locataire. Elle s'appelle Sarah, on s'est rencontrés plusieurs fois devant les boîtes à lettres, je ne trouve jamais dans la mienne que des prospectus, des catalogues, les feuilles d'impôts ou les bordereaux de la Sécu. Sarah Goldman c'est son nom. On a bu un café ensemble à la terrasse du Lutèce-bar. Elle est employée au Pressing du Marais. Moi je lui ai dit qu'un temps j'avais travaillé juste à l'endroit où est maintenant le pressing, dans un atelier de lunetterie, j'ai expliqué ce qu'on faisait, comment on s'y prenait pour les montures et elle a dit, Ah l'écaille ça vient de la carapace des tortues oh pauvres bêtes. J'ai dit que les tortues on les torture pas.

Tous les matins Henriette et moi chez les Duroux on buvait notre infusion d'orge grillée. (Le vrai café que madame Duroux se procurait à l'épicerie en échange d'un bocal de foie gras était pour elle et son mari, parce qu'elle voulait notre bien, elle disait que le café nous aurait esquinté les nerfs.) Je mâchonnais l'épaisse tranche d'un pain de ménage[1] gris et sec. Je traînais à table un moment. Sans lever les yeux vers Henriette.

Je pensais que jamais plus je ne pourrais la regarder. Sur mon pantalon le sang de l'oie se mélangeait aux taches de purin j'avais entrepris de récurer la mare. Les autres oies c'était madame Duroux qui les avait tuées avec l'aide d'Henriette. Et déjà une nouvelle génération de volailles commençait à subir le gavage.

L'Oberleutnant est revenu. Le bruit avait couru que son régiment allait être envoyé sur le front russe. On disait que le Führer[2] ou peut-être un grand général du Führer prétendait qu'ici les soldats ne servaient pas à grand-chose. Ce jour-là encore l'Oberleutnant s'est pointé pour acheter du foie gras. L'Oberleutnant n'avait jamais eu l'idée, semblait-il, de réquisitionner le foie gras des Duroux, l'Oberleutnant payait cash[3] ce qu'on lui demandait. Il s'est arrêté afin d'examiner les foies de quelques volailles égorgées du matin, des articles d'excellente qualité qui trempaient dans une bassine d'eau fraîche suivant les instructions du manuel. Henriette est sortie de la maison pour laver au-dessus de l'auge la gaveuse engluée de maïs ébouillanté. Henriette, y avait une semaine que je la regardais pas. Ni son visage ni ses seins ni rien. Que je lui parlais plus.

Je ne sais pas ce qui m'a pris ; j'ai crié, Hé, Sarah – Elle a lâché l'entonnoir qui a fait bing contre la grille du boit-tout[4]. Elle s'est tournée vers moi. L'Oberleutnant, sous l'appentis, a cessé de contempler les foies énormes et roses, il a levé les yeux. J'ai vu ce qu'il a vu aussi. Le visage d'une fille qui se nommait Sarah, les

1. ***De ménage*** : qu'on a fait soi-même, à la maison.
2. ***Le Führer*** : Hitler, qui devint chancelier du Reich en 1933 ; *Führer* signifie « chef », « guide », en allemand.
3. ***Payait cash*** : payait comptant.
4. ***Boit-tout*** : égout, qui permet l'écoulement des eaux.

cheveux noirs, l'air affolé, et j'ai entendu ce qu'il a entendu, une voix étranglée qui disait, Hein, quoi ?

Le lendemain j'étais seul à la table devant mon bol d'orge grillée. Je n'avais pas faim et j'ai laissé le pain.

À Paris j'aime assez mon quartier. Les vieux immeubles ils ont leur charme. La rue est étroite et reste plutôt calme. Des gens disent en riant qu'un marchand de volailles devrait s'installer dans cette rue, vu son nom. *Au chapon dodu de la rue Chapon.* Ce serait bien pour une enseigne.

J'avais simplement crié, Hé, Sarah. Comme ça, sans faire exprès. Et elle l'idiote au lieu de pas répondre elle a secoué la tête et elle a dit, Hein, quoi ? Bête elle était. Bête comme une oie. Au début quelquefois je l'appelais ma petite mère.

Lorsque est arrivée rue Chapon, cette Sarah Goldman – ou Goltman je ne sais plus, faudra que je regarde sur sa boîte à lettres – c'était la première Sarah que je rencontrais depuis l'Henriette de chez les Duroux. Quand je vais au pressing pour donner mon costume à nettoyer, parce que maintenant je travaille dans les bureaux, on parle un peu, Sarah et moi. Elle dit qu'elle a toujours vécu à Paris, vers Belleville[1]. Que ses parents sont morts en déportation, que des voisins à l'époque – elle avait dix-sept ans – l'ont cachée dans une cave, oui en plein Belleville. Elle dit que le Périgord il paraît que c'est une région sympa mais vraiment non elle connaît pas. Les oies elle ignore totalement comment on les élève. Elle se souvient d'en avoir mangé une fois. Aux marrons et à Noël. Puis elle dit, Vous avez vu, les Chinois de ce quartier suspendent des volailles à l'appui des fenêtres. Ils prétendent qu'on doit les laisser bien égoutter à l'air, c'est pour le canard laqué, ça se cuit au four, enrobé de caramel. Elle me demande si j'aime ça. Je dis que je suis végétarien.

1. ***Belleville*** : quartier du XXe arrondissement de Paris.

Mais j'en ai marre. De la nostalgie, des regrets. La vie c'est long. Je me réveille chaque matin tout recroquevillé comme dans un ventre. J'ai besoin d'un café noir (encore à présent SU PORTE PA LE LÉ). Je me débats pour m'arracher à cette torpeur écœurante, à la tiédeur humide des draps leur odeur âcre. Je ne sais plus à quel saint me vouer. Seigneur pour me sauver – Oui c'est Elle qu'il me faut. Oui, Marie notre Mère qui m'emporterait dans les plis de son voile. Musique du ciel. Le grand vertige, les nuées se fendent lumière exquise. Douceur amour pardon. C'est trop demander, j'imagine. Toujours ça me reprend, cette angoisse. Voilà que j'ai cinquante ans et je recommence à pisser au lit.

Les voilà, quel bonheur,

C'était hier

La terre brûlée. L'herbe a repoussé après. Elle dit, Marc, ne va pas dans les ronces. Oppidum[1] isolé dominant les vallées. Un seul accès par l'est. Pour la défense c'est mieux que Gergovie[2], c'est mieux qu'Avaricum[3]. Elle dit, Marc, cesse de taquiner ton frère. Mais je lui ai rien fait. À Victor. Faut tout le temps qu'il chiale celui-là.

En 52 av. J.-C., César entreprend le blocus d'Alésia[4]. Où tu étais pendant la guerre ? Cheveux roux flamboyant au soleil, il n'a pas même tourné la tête. Allons avance on est pressés. T'as promis que tu me montrerais l'endroit. Le vrai de vrai. Parce que là-bas sur leur télé c'était pour rire. Elle rassure, C'est plus haut, on coupe à travers la prairie.

Mais aussi mamé faut que tu dises, que tu racontes. Mamé tu veux bien m'expliquer ? Maintenant que j'ai sept ans. Sur le parking où tu as laissé ta voiture les Romains amenaient leurs tanks ? Pour cette guerre petit gars il n'y avait pas de tanks.

---

1. ***Oppidum*** : ville fortifiée, fortification romaine.
2. ***Gergovie*** : oppidum gaulois situé sur un plateau du Massif central, à 6 km de Clermont-Ferrand. Vercingétorix le défendit avec succès contre Jules César (52 av. J.-C.).
3. ***Avaricum*** : ville de Gaule (aujourd'hui Bourges).
4. Jules César (101-44 av. J.-C.) entreprit la conquête des Gaules de 58 à 51 av. J.-C. Il poussa Vercingétorix (v. 72-46 av. J.-C.) à faire retraite dans la ville forte d'Alésia (aujourd'hui Alise-Sainte-Reine, en Côte-d'Or) et lui imposa un siège de deux mois, au terme desquels le chef gaulois se rendit (52 av. J.-C.), mettant ainsi fin à la résistance gauloise.

Les tanks c'était la dernière fois. C'était voilà seulement une quarantaine d'années. Hier. Les tanks roulant dans la vallée, amis ou ennemis on ne savait pas. Et le garçon aux cheveux roux sur le trottoir, contre le mur et l'affiche AVIS À LA POPULATION, PAR ORDRE DE — regardant l'homme en uniforme noir basculer au bord des pavés mouillés, puis suivant des yeux le mince filet de sang qui coule vers le caniveau. De l'autre côté de la rue la fille encore essoufflée de sa course, en robe bleue fripée salie, comme immobile à jamais. Pourtant déjà la scène s'anime, la jeune fille ouvre la bouche mais il n'en sort qu'un hoquet étranglé. L'autre tenant le fusil dit tranquillement, Rentrez chez vous, les gosses.

Jules César le proconsul a réglé avec le soin d'un grand stratège la position de ses troupes. Dans chacun des vingt-trois postes quatre cohortes[1] de légionnaires. Au total soixante-dix mille soldats. César réduira la ville à la famine. Les Gaulois, pourtant indociles par nature, acceptent la discipline féroce que leur impose leur chef. Où tu étais pendant la guerre ? Quelle guerre ? Cette guerre quand notre pays s'appelait la Gaule et ses habitants les Gaulois. Oh il y a si longtemps. Vingt siècles. Lorsque Vercingétorix – son nom veut dire roi des guerriers – a rassemblé l'armée des Celtes. Après il y a eu d'autres guerres.

L'enfant a levé les yeux puis acquiesce, secouant ses mèches rousses, y a eu la guerre aux topinambours[2] et aux rutabagas[3], quand les garçons de son âge étaient trop heureux – n'est-ce pas mamé, tu l'as dit – de manger ça. Et voilà pourquoi tu me grondes quand je laisse des choses dans mon assiette. Oui mamé tu l'as dit déjà, ce temps où les enfants avaient jamais vu d'orange.

---

1. ***Cohortes*** : corps d'infanterie (formés de centuries) de la légion romaine.

2. ***Topinambours*** : tubercules de la plante du même nom utilisés pour la nourriture du bétail et comme aliment de remplacement dans les périodes de restriction.

3. ***Rutabagas*** : plantes dont la racine comestible, à chair jaune, sert surtout à la nourriture du bétail.

Elle n'ajoutera pas – elle qui maintenant ramène à la maison après des vacances au soleil ses deux petits-fils confortablement installés sur la banquette arrière de l'Austin blanche – non elle ne dira pas qu'en ce temps-là les garçons de quinze ans transportaient dans le guidon de leur bicyclette des bouts de papier roulés, les tracts les messages pour la ronéo [1]. C'était hier. Le temps des jeux dangereux, des rendez-vous incertains. En robe bleue légère elle frissonne, mais il a dit que le bleu lui va bien. Il a dit, Demain cinq heures, et maintenant ça doit être dans les six heures, elle suppose, elle n'a pas de montre, le clocher de l'église marque toujours midi-minuit depuis que l'horloger a été fusillé devant le portail. Un terroriste, ils l'appellent. La mère du garçon roux a pleuré ce jour-là, elle a dit, Toi ne te mêle jamais de ces histoires ou je te boucle dans la resserre [2]. Six heures et demie. Sept heures peut-être. Mon Dieu ils l'ont arrêté, ou bien sa mère l'a enfermé. Et soudain le voilà poussant son vélo, tignasse flamboyante épaules étroites jambes et bras qui n'en finissent pas. Taches de son sur le nez. Elle l'aime. Dis mamé, raconte. Pourquoi que César est venu en Gaule puisque là-bas il était le chef, dans un pays plein de soleil. C'est qu'on veut sans cesse autre chose que ce qu'on a. Victor – trois ans – trébuche sur des racines, elle le soulève, lui fait franchir l'obstacle. Moi, dit Marc, je veux seulement une station-service, un flipper électrique et puis une boîte de légo et puis une tente d'Indien, des patins à roulettes et puis un tourne-disque et puis – Oh arrête. Bon justement c'est tout, dit-il.

Cette année les framboisiers ont débordé sur le sentier où Marc à présent s'aventure. Les framboisiers et les ronces. La turbulence végétale échappe au contrôle du ministère des Sites et sournoisement continuera d'effacer les repères, de restituer au monde un peu de sauvagerie. Cet enfant roux, lui aussi, un jour de

1. ***Ronéo*** : machine servant à reproduire des textes dactylographiés.
2. ***Resserre*** : réserve, remise.

printemps, l'année de ses quinze ans pourra imaginer qu'il est seul sur la terre, seul avec une fille de son âge qu'il aura, suppliant, cajoleur, emmenée dans les bois. Toi et moi c'était hier. Fini le temps de la pudeur, des mots chuchotés des caresses innocentes, nous en étions à nous déshabiller, à nous parler avec nos corps doux et fiévreux et maladroits. C'est l'instant où tu m'as déchirée, tout au long des jours et des semaines avant que le sang coule à nouveau j'ai eu si peur d'être enceinte d'un vaillant petit guerrier engendré à Alésia.

SITE HISTORIQUE D'ALÉSIA. Il y avait maintenant une pancarte bien visible au bord de l'autoroute qu'il fallait quitter plus loin à l'embranchement vers Semur-en-Auxois[1]. Après huit kilomètres sur la départementale on traversait la ville aux tours et remparts. Quinze kilomètres encore dans le fond des vallons et on voyait là-haut les toits d'Alise-Sainte-Reine. Ça n'avait pas manqué, Victor avait demandé trop tard l'arrêt-pipi. On s'était arrêtés au parking, Vic frétillait sur le siège arrière, la main entre les cuisses. Marc disait, Tu sais mamé ce petit cochon a mouillé le plaid[2]. Et puis questionnant, fébrile, C'est ici qu'ils ont garé leurs tanks les soldats de Jules César ?

À l'époque mon chéri, je te l'ai déjà dit, il n'y avait pas de tanks, les armes étaient des arcs et des flèches et aussi des frondes des javelots des lances. Descendez, vous deux. Attends, Victor. Vas-y. Dépêche. Puis Victor s'est mis de la terre dans la bouche. Il reste figé joues gonflées et les larmes aux yeux, Crache, dit Marc, crache Victor ou bien tu meurs empoisonné. Et mourir ça fait mal. Ça fait tant mal que souvent on peut plus du tout bouger.

Toi si grand pour tes quinze ans si mince et comme pétrifié, toi contre le mur près de la plaque qui porte l'inscription – le

1. ***Semur-en-Auxois*** : chef-lieu de canton de la Côte-d'Or.
2. ***Plaid*** : couverture de laine.

nom de la rue ce devait être. Crépi jaune. Au bord de la plaque suinte une rouille légère. En dessous, la rouille de tes cheveux. Avec une toison comme ça tu ne pouvais guère passer inaperçu. Et l'autre tapi à l'angle d'un porche, l'autre – un type chauve aux yeux très pâles – a dit plus tard qu'il n'allait pas nom de Dieu laisser assassiner le rouquin le plus roux qu'on ait jamais vu. Qui descendait tout droit de Vercingétorix a-t-elle une fois déclaré. Personne n'ignore que Vercingétorix avait des moustaches fauves et sûrement les cheveux exactement pareils mais on ne les voyait pas sous le casque. Oui Marc, c'est de lui que tu tiens tes mèches couleur de cuivre. Et pourquoi Vic est pas roux ? Vic a pris du côté des Romains. Parce que après il y a eu des alliances.

Idiote. Tu racontes n'importe quoi. Foutus mômes, faut toujours qu'ils parlent qu'ils interrogent. Comme tout à l'heure au relais de Beaune[1] où s'est ouvert un musée. Les écrans vidéo présentaient sur fond sonore de battements de tambour la succession des batailles pendant le siège d'Alésia. Mamé, les carrés jaunes alors c'est les Romains ? Oui, et les cercles bleus les Gaulois.

Regarde mamé, les carrés ils avancent, non je veux pas, criait Marc. Par la fenêtre panoramique on voyait là-bas l'assemblage des poutres, les murs de terre et le double fossé, la pente trouée de pièges. Turris pinna vallum[2] reconstitution fidèle d'après les textes de César. Oh les pauvres Gaulois pleurnichait Marc tandis que les billes bleues en une déboulade chaotique s'amalgamaient pour le dernier combat. Mamé, toi aussi les Gaulois tu aurais voulu qu'ils gagnent. N'est-ce pas. Dis-moi. On doit répondre aux questions des enfants même quand on pense à autre chose. Même quand on en est, parmi l'afflux des souvenirs, à cet automne où de nouveau

1. ***Beaune*** : chef-lieu d'arrondissement de la Côte-d'Or, où se tient un musée du Vin dans l'hôtel des ducs de Bourgogne (XIVe-XVIe siècles).

2. ***Turris pinna vallum*** : mots latins, le premier désignant une tour en bois avec étages – ouvrage de siège –, souvent montée sur roues ; le deuxième un merlon – panneau plein entre deux créneaux ; le troisième une palissade.

on rôdait dans les bois sans risquer de rencontrer des patrouilles de miliciens. C'était hier. Les boucles rousses et l'or bruni des chênes. Prends ton frère par la main on grimpe sur le talus, hop. Mais si on va trop loin, mamé – Eh bien on sera perdus dans la forêt des histoires, on mangera des fruits sauvages et des racines. On allumera un feu dit l'enfant, pour chasser les bêtes féroces. Mots et projets qui se rejoignent. L'adolescent aux cheveux roux mêlant le geste à la parole, la fumée d'un gris bleuâtre au-dessus du tas de brindilles s'élevant droit vers le ciel bleu foncé, la main tremblante froissant le corsage que bientôt elle oserait enlever. Lui le gamin – sept ans déjà – Si papé était là on aurait moins peur. Et encore, pour la centième fois, Pourquoi il est parti ?

On ne peut pas lui expliquer que papé aussi a voulu retrouver sa jeunesse (c'était hier). Voilà pourquoi il a choisi d'aller vivre avec Florence qui n'a pas même l'âge de ta mère, petit gars. Et papé roule à bicyclette. C'est un symbole. On ne peut faire comprendre ça à un enfant de sept ans. Écoute, Marc, papé n'est pas vraiment parti puisque tu le vois tous les mois. Mais parti de ta maison, dit Marc. Et toi tu le vois plus, mamé.

Non. Mais ici elle le rejoint. L'adolescent courant les bois sur le coteau d'Alise-Sainte-Reine[1]. Celui qui était comme elle un réfugié des Ardennes[2]. Et en Bourgogne tout d'abord on disait qu'ils venaient d'ailleurs, qu'ils étaient des étrangers. Puis on avait oublié. Elle était cette enfant raisonnable qui logeait chez la boulangère, préparant seule son brevet. Il était ce jeune garçon qui chaque jour se rendait au lycée sur un pauvre vélo grinçant et qui ne refusait jamais aucune mission, celui qui savait se taire, celui que vise le fusil du SS et un autre fusil abat le SS à l'instant

1. ***Alise-Sainte-Reine*** : voir note 4, p. 68.

2. ***Ardennes*** : région du nord-est de la France, théâtre, en août 1914, des combats entre Français et Allemands, en mai 1940 de la percée de la Meuse par la Wehrmacht (force armée allemande de terre) et, en décembre 1944, de l'ultime contre-offensive des blindés allemands.

où l'homme noir va tirer. Le mois suivant la guerre était finie. Deux mille ans plus tôt des crieurs postés au long des chemins auraient propagé la nouvelle à la force de leurs poumons. Où tu étais pendant la guerre. Quelle guerre. Celle-là, tu sais.

J'étais – mais elle ne dit rien. J'étais debout sur le trottoir. J'étais la fille en robe bleue – immobile – quinze ans à peine, les yeux exorbités et une main sur la bouche arrêtant un hurlement. Puis l'autre a dit, Rentrez chez vous les gosses. Comme s'il ne s'était rien passé.

SITE HISTORIQUE D'ALÉSIA. Eh bien regarde, nous y voici. Non ne grimpe pas sur le banc, viens avec moi jusqu'à la butte, de là tu verras beaucoup mieux la statue du grand guerrier. C'était un géant, pleure pas, Vic, il est pas méchant dit Marc, moi je trouve même qu'il est beau. Vic t'es content d'être venu ? Vic croyait qu'on verrait aussi le cheval et qu'on monterait à dada, t'es dingue ce serait trop haut tu tomberais, bon tu pleures encore, dis pourquoi Vic que toujours – Laisse-le, pauvre petit, je le porte, redescendons par l'escalier de bois, on reprend la voiture et en moins de rien on est à la maison. Ce bébé on lui donnera sa soupe, on le mettra au lit. Puis on dînera tranquillement tous les deux. Moi et toi dit l'enfant, on se couchera pas de bonne heure, on causera on parlera de la guerre. Quelle guerre ? Celle des Gaulois et des Romains. Parce que ta guerre à toi, mamé – il soupire, il secoue ses mèches rousses – parce que ta guerre c'est pas drôle. Il hésite. Il cherche un moment. Il s'énerve il se décide, Ta guerre à toi quand tu racontes ça fait comme si c'était très loin, tu vois.

Moi les enfants j'aime pas tellement,

Le Cri

Dans l'Oberaletsh[1] un randonneur blessé meurt, faute de soins, à portée de voix d'un groupe d'alpinistes allemands qui s'installaient pour le bivouac. *Journal de Genève.*

Il aurait pu crier. Tout était calme. Pas un souffle de vent. S'il avait crié, ne fût-ce qu'une fois, appelé même faiblement, ces hommes auraient entendu. Ils s'apprêtaient à faire le lendemain l'ascension du Weisshorn[2]. Des alpinistes entraînés qui ménagent leurs forces et ont passé une soirée tranquille.

La paysanne relève la tête. C'est dans un autre temps. Dans un autre pays. Elle a seulement dit, Ha. Et puis, Pauvre homme (Du, armer Kerl). Elle a taillé dans la miche brune. Da, nimm (Tiens, prends). Un peu plus tard – déjà il mangeait le pain – elle a dit, Tu viens de là-bas (Du kommst von dorther). Ce n'était pas même une question. Elle savait. Elle n'a plus rien dit.

---

1. ***Oberaletsh*** : littéralement, la « terre d'en haut » ; l'une des plus belles régions des Alpes suisses. L'Aletschorn (4 195 m) est l'un de ses sommets.
2. ***Weisshorn*** : sommet des Alpes suisses (dans le Valais), culminant à 4 506 m.

Il y a des lis d'alpage. Il y a des gentianes [1]. Le bleu des gentianes et l'ocre des lis et tout au long des pierriers [2] ce lavis [3] rose violacé des rhododendrons sans doute fleuris depuis plusieurs semaines.

Les traits noyés dans une pâte grise. Des mains juste esquissées encadrant le visage, protégeant les oreilles qui refusent d'entendre. Presque au milieu de la toile [4] l'énorme bouche ouverte d'où sort le cri. Coulures de teintes molles, sinueuses (corps ciel rivage) contrastant avec les stries [5] épaisses de la route fuyant en profondeur, avec le tracé rigide du parapet [6].

À la page suivante du catalogue, une lithographie d'après le tableau. Elle est annotée par l'artiste : *Ich fühlte das grosse Geschrei durch die Natur* [7].

La paysanne ouvre une porte au fond de la salle, elle dit, Viens par ici (Komm hierher). C'est dans un autre temps. Elle dit, Baisse-toi (Bück dich). Il se cogne au chambranle. Il avance à l'aveuglette jusqu'à toucher le mur opposé, de pierre rugueuse. Le long du mur une litière de paille. Il entend la femme qui pousse la huche devant la porte refermée.

Mais avant, mais là-bas cet homme contre la porte c'était lui c'était toi, immobile et silencieux. À l'entrée du hangar de triage.

---

1. ***Gentianes*** : plantes herbacées qui poussent dans les montagnes.
2. ***Pierriers*** : machines de guerre, bouches à feu qui lançaient des pierres, des boulets.
3. ***Lavis*** : technique picturale qui consiste à teinter un dessin au moyen d'encre de Chine, de sépia, de bistre ou de couleurs étendues d'eau ; ici les rhododendrons forment une étendue uniforme de couleur rose violacé.
4. Annie Saumont fait ici référence au *Cri* d'Edvard Munch (voir dossier, p. 103).
5. ***Stries*** : petits sillons parallèles, séparés par des arêtes saillantes.
6. ***Parapet*** : mur destiné à servir de garde-fou.
7. ***Ich fühlte das grosse Geschrei durch die Natur*** : cette citation, que traduit Annie Saumont en la complétant, p. 79, est tirée du journal d'Edvard Munch, à la date du 22 janvier 1892 (voir dossier, p. 101-102).

Dans la longue procession des voyageurs livides tu l'as tout de suite reconnue. Ta fiancée. Au-delà du hangar le chemin menait à la chambre de béton. Schnell, schneller. Tu savais. Schneller. Vorwärts. Bruits de bottes. Ordres qui claquent. Tu n'as rien fait.

Il dit, Qu'aurais-je pu faire ?

Elle dit se retournant (elle est près de la fenêtre dans le brouillé du soir), Tu aurais pu crier.

Le soleil se couche, le ciel devient rouge sang.

La paix des crépuscules c'est maintenant quelque chose de très ordinaire. On oublie. On oublie que la porte était fermée, renforcée de barres et de verrous, sur l'amas des dormeurs agités. Que dans la double enceinte des barbelés il y avait trois miradors [1], on oublie.

À Ponar ils n'ont pas crié
À Lódz à Bialystok à Vilna
Ils n'ont pas crié à Bah Yar et non plus à Janowska [2].

Toi. Disait-elle. Quand tu l'as vue dans le convoi. Toi l'esclave docile de ses bourreaux qui t'avaient donné pour tâche de l'apaiser de la tromper. Afin que cela fût. Ce qui était prévu. Qu'as-tu dit lorsqu'elle t'a regardé ? Lorsque pour la dernière fois vous avez été face à face. Vous deux qui aviez choisi de passer votre vie ensemble.

---

1. ***Miradors*** : constructions surélevées servant de postes de surveillance dans des camps de prisonniers.
2. ***Ponar, Lódz, Bialystok, Vilna, Bah Yar, Janowska*** : lieux de massacre des populations juives par les Allemands. Le premier est un ghetto situé dans la banlieue de Vilna, où les SS exécutèrent 4 000 juifs le 5 avril 1943 ; le deuxième est une ville de Pologne qui abrita l'un des premiers ghettos de ce pays ; le troisième est un autre ghetto de Pologne, « liquidé » le 19 août 1943 ; le quatrième, aujourd'hui Vilnius, capitale de la Lituanie, fut occupé de 1941 à 1944 par les Allemands, qui en exterminèrent la population juive ; le cinquième (également Babi-Yar), est un lieu-dit près de Kiev (en Ukraine) où l'armée allemande assassina, les 29 et 30 septembre 1941, 33 000 personnes à la mitrailleuse, parmi lesquelles une immense majorité de juifs ; le dernier est un camp d'extermination situé en Ukraine.

Ciel d'opale. Glaciers de nacre. Devant la beauté du monde on n'avait pas envie de parler. On aurait seulement eu envie juste un instant de dire merci. Mais aussitôt on renonçait, on n'avait vraiment rien à dire. Ou bien seulement. Certains jours. Parce que la beauté engendrait l'angoisse. On criait.

Et encore il a reconnu le bruit de la huche traînée sur le sol dallé. La paysanne a ouvert la porte elle a dit, Ils sont loin, tu peux partir (Sie sind weg, du kannst gehen). Elle a dit, Gott beschütze (Dieu te protège). Elle a tendu au fugitif une besace gonflée et puis un vieux manteau râpé.

Tu lui as dit calmement, Laisse-moi t'aider à dégrafer ta robe, rassemble tes affaires en un tas pour les retrouver tout à l'heure, n'aie pas honte, c'est ainsi, la séance de douches, c'est le règlement. Tu as ajouté – peut-être – l'eau chaude te fera du bien après les fatigues du voyage ; vois, tous se préparent. Quand elle a été nue devant toi parmi la foule dans ce tumulte n'as-tu pas même murmuré avec une ferveur dérisoire qu'elle n'avait jamais été aussi belle ?

Et ceux-là ? Qui jetaient aux flammes les corps décharnés. Sans un mot. Leur travail quotidien, leur occupation banale et innocente.

Ceux-là, n'importe, dit-elle. Parlons de toi. Disons si tu veux que tu n'as pas menti. Que tu es simplement demeuré silencieux douloureux immobile. Tu voulais vivre. Tu n'as rien dit.

Donc dit-elle encore. Amère. Si les monstres revenaient. M'arrachaient de notre lit. Me violaient me torturaient. Tu ne bougerais pas tu détournerais les yeux. Tu dirais – Tu ne dirais rien.

Après, toujours on se souvient. On use ses remords dans le jeu des muscles. On cherche la fatigue du corps comme un remède au mal de l'âme. Il y a si longtemps. L'air est frais, on va guérir. On s'aventure au bord d'un surplomb. On glisse. On tombe. La déchirure. Le sang qui jaillit, rouge comme le rouge du couchant.

J'ai senti passer un cri dans la nature. Il m'a semblé que je pouvais entendre le cri. J'ai peint ce tableau – peint les nuages comme du vrai sang. Les couleurs hurlaient.

Elle dit qu'elle a vingt ans. Qu'elle l'aime. Qu'elle ne peut plus vivre avec lui qui a seulement baissé la tête. Il sait. Vingt ans plus tôt cet été-là l'autre venait d'avoir vingt ans. L'autre aussi d'un dernier regard l'autre disait qu'elle l'aimait, ce jour où il n'a pas crié.

Le randonneur dont le corps a été retrouvé hier par des alpinistes montant vers le Weisshorn n'a pas été identifié. *Journal de Genève.*

Le moindre cri affirment-ils, dans le grand silence des montagnes ils l'auraient entendu. Ils auraient porté secours au blessé, auraient posé un garrot, improvisé un brancard pour le descendre au plus tôt. Schnell. N'a pas crié.

L'un d'eux a murmuré encore, contemplant ses grosses chaussures, Vraiment je regrette (Es tut mir wirklich leid). Tous nous regrettons (Es tut uns allen leid). Puis disant que la vie continue et que si l'enquête est finie ils feront demain l'ascension projetée. Là-haut l'air est plus pur, on oublie. Ils monteront ce soir au-dessus des alpages. Demain ils partiront dès l'aube. Du moins si le temps reste beau.

Je ne suis pas un camion,

Le Sucre

Devait arriver. Fallait s'y attendre. Guerre va commencer. J'achète du sucre.

À Monoprix. Me regardent de travers. Vendeuses. Quand je passe. Mal fringué. Blouson déformé vieux futal. Caddie chargé de cartons Beghin Say (Au Prisu : Daddy's Suc. Origny à Auchan, Sol chez Leclerc, emballage mauve). Clientes (mais pas toutes, celles qui achètent du sucre). Gestes discrets paupières baissées – prétendant pas voir que d'autres achètent du sucre. Clientes et parfois clients. Et puis caissières. Maussades, hargneuses même. Exigeant étalage marchandise sur tapis roulant. Connasses. J'explique : c'est au carré, six sur six font trente-six. Rien à faire. *Vi-dez-le-cad-die*, elles répètent. Griserie[1] du pouvoir. Pauvres idiotes. Donc. Boîtes déposées contre la caisse. Après délimitation du terrain avec barre portant inscription (blanc sur noir) AU SUIVANT. Le suivant : allure jeune cadre dynamique. Trimbalant allègrement pack yoghourts bio. Pas de sucre. Mais en aura commandé sans quitter bureau design (fauteuil pivotant bigophone[2] mains libres) entre deux rendez-vous d'affaires. Vingt kilos. Trente. Quarante. Cinquante. Désinvolte. Enfonce négligemment yoghourts dans sac plastique. Méprise nourritures terrestres et soucis d'homme ordinaire.

Boîtes défilent devant décodeur, une et une autre et une autre. Femme en blouse rose dirige manœuvre. Chef surgit dans son

---

1. ***Griserie*** : excitation, ivresse.
2. ***Bigophone*** : téléphone (familier).

dos (chef au féminin mais pas blouse rose, tailleur gris chemisier crêpe), *Marlène je vous ai dit déjà que pour comptabiliser l'achat de plusieurs articles semblables il suffit de* – Moi rassemblant provisions, Marlène tapotant hâtivement sur clavier. Annonce : *Cent soixante-seize francs quatre-vingts.*

Sucre. Produit pas cher. Peut devenir produit rare, monnaie d'échange. Denrée facile à stocker. Boîtes qu'on empile comme des briques. Ça tient. Sans ciment sans mortier. Si construction établie sur base parfaitement saine et plane.

Elle l'a réveillé doucement, elle a dit, Je sais, tu n'as pas beaucoup dormi, il y a eu trop d'alertes. Tout craque on croit que tout va s'effondrer, on met du temps à retrouver le sommeil. Quand on dort on fait des cauchemars, ce n'est pas un vrai repos. Il faut pourtant te lever mon chéri. J'ai un peu de tabac, quelques kilos de sucre. On va les échanger contre des œufs et un bout de lard fumé. J'ai préparé le sac tu m'aideras à le porter. Allons, tu sais bien que les premiers arrivés ne laisseront rien aux retardataires, débarbouille-toi en vitesse, ton déjeuner est prêt.

Le bol d'orge grillée, une mince tranche de pain imprégnée de cette purée brune et aigre qu'elle nomme « compote », vilain brouet[1] qu'elle a confectionné en pelant épluchant cuisant des pommes véreuses[2] récoltées n'importe où. Elle reconnaît que ce serait meilleur si c'était plus sucré, elle n'a pas voulu entamer les maigres rations du mois, dit-elle. Ça nourrit quand même. Dit-elle encore.

C'est jeudi.

Il a faim.

J'achète. Dans périodes troublées petits malins prévoyants amassent, thésaurisent[3]. Peur du manque, espoir bénef. Riches

---

1. ***Brouet*** : aliment liquide, bouillon, potage grossier.
2. ***Véreuses*** : qui contiennent des vers.
3. ***Thésaurisent*** : accumulent, mettent de l'argent de côté sans le dépenser ni le faire fructifier.

amoncellent bijoux précieux meubles de style tableaux. Plus modestes spéculent à moindre coût, café thé chocolat. Moutarde. Sucre.

J'achète du sucre.

Pas de honte. Rien à voir avec. Ceux là-bas blottis sous terre menacés par. En ont. Du sucre. Là-bas réserves. Guerre selon règle du jeu bien établie. Ordres donnés pour destruction objectifs militaires, pas entrepôts ni magasins, ni maisons ni gens dans maisons prenant repas en famille, buvant café thé tisane, tournant cuiller dans tasse. Pour fondre sucre. Un morceau ? Un demi.

Ce qu'on dit. Ça arrange. Guerre lointaine on n'y peut rien chacun pour soi. Bon. Monnaie à vérifier. Boîtes rechargées dans caddie et en route. Vers tacot [1] déglingué troisième sous-sol parking. Convient pour courses hebdomadaires de vieux schnoque vivant seul.

Elle dit d'une voix presque joyeuse qu'il fait doux ce matin, on respire comme une odeur de printemps. Lui ne répond pas il courbe les épaules traîne les pieds, ses chaussures le blessent. Des richelieu [2] qu'elle a un soir au retour de sa journée de travail sorties triomphalement du vieux cabas, regarde, un cadeau de sa patronne assurant que la semelle est comme neuve. Le fils de la patronne refuse les souliers démodés. Lui le môme des bas-quartiers a péniblement introduit ses arpions [3] de prolétaire dans le box-calf [4] du jeune homme distingué. Ça serre sur les côtés, les orteils butent contre le cuir ça frotte aussi au talon. Il ne se plaint pas. Il ne dit rien.

Il n'a rien dit non plus lorsqu'elle lui a rapporté un chandail feutré aux emmanchures et le col se défait, mais elle déclare qu'elle

1. ***Tacot*** : vieille voiture.
2. ***Richelieu*** : souliers bas à lacets.
3. ***Arpions*** : pieds (populaire).
4. ***Box-calf*** : cuir de veau teint, tanné au chrome et lissé (terme anglo-américain).

va le réparer ça sera comme neuf c'est pure laine. *Taille 1, garanti au lavage*, peut-on lire encore sur un étroit ruban de tissu blanc pris en bas dans la couture.

Il n'a rien dit quand elle a annoncé que désormais elle irait le dimanche travailler chez Madame en extra pour aider la cuisinière. Parce que le dimanche est un jour de réception avec menu de gala et Madame tolère qu'on emporte les restes.

Boîtes montées dernier étage. Par cinq kilos, beaucoup trop. À mon âge. Risque de courbatures. Paquets de sucre vont remplir tous espaces encore libres. Fond de penderie, étagère et placard balais. Débarras, deux tiroirs commode, un seul réservé pour chaussettes et sous-vêtements thermolactyl. Sucre envahit chambre d'ami (pas d'amis), boîtes renforçant murs à leur base, s'alignant sur tapis. Plate-forme (en sucre) prolongeant cosy[1]. Sous fenêtre contreforts (de sucre). Cartons entassés dans fauteuil bancal.

Vidant armoire pour y ranger sucre, derrière caleçons et chemises retrouvé livre de contes. Relié rouge. Doré sur tranche. Petit Poucet aventureux. Sorcière en colère. Bonne fée donnant à son filleul – présent d'anniversaire – maison bâtie tout en sucre. Murs à lécher. Toit à croquer. Bout de cheminée-sucette.

Elle dit, Reconnais que j'avais raison, les tôt-levés sont toujours les mieux servis, ça valait la peine de se presser, tu as vu ce qu'on ramène ? Elle s'inquiète encore, elle espère que le beurre n'est pas rance et que les œufs sont frais, qu'on ne va pas découvrir des charançons[2] dans la farine. Il faut toujours se méfier, tant de gens n'hésitent pas à tromper, à voler. Je te l'ai cent fois répété mon chéri, méfie-toi, sois sur tes gardes. On jurerait qu'on peut faire confiance à celui-ci ou celle-là et soudain on s'aperçoit que celui-ci

---

1. ***Cosy*** : divan accompagné d'une étagère, servant à meubler une encoignure (terme anglais).
2. ***Charançons*** : insectes coléoptères nuisibles.

ou celle-là comme tant d'autres vous ment, vous gruge[1]. Donne-moi le sac, il est trop lourd pour toi.

Du sucre. En ai. À revendre.

En revendrai.

Si je veux. Quand je voudrai. Nous verrons. Pas moins de. Boîte ou morceaux au détail ? Marchandages.

Vieux comme moi mais qui se souviennent. Ou encore écrivains, historiens. Racontent. Que jadis c'était ainsi. Pendant guerre. Règne des nantis[2]. Restrictions connaissaient pas. Ayant amoncelé victuailles, les cédant à prix d'or aux moins chanceux. Me souviens plus. Trop petit à l'époque. Ma mère juste avant sa mort disant (guerre finie depuis des lustres[3]) s'obstinant, *Rappelle-toi. En ce temps-là. Tu sais bien.* Hurlant, *Tu fais exprès pour m'embêter.* De dire. De pas dire. Parti pris. Sale caractère. Et moi, *Non.*

Au bureau aussi collègues redisant ressassant rabâchant, *Souvenez-vous, souviens-toi.* Et moi, *Non.* Et encore, *Non.* Plus rien. Dans ma tête. Cette guerre quelle guerre arrêtez. Rien. Quelle guerre quand où pourquoi quelle

Eux insistant. Débrouillards se bourraient les poches, proposant aux pékins[4] démunis bric-à-brac, choses en tout genre. Cigarettes. Savon. Métaux non ferreux bougies charbon coupons calicot ficelle papier-buvard serpillières chutes cuir découpes feutre. Conserves.

Sucre.

Elle l'a pris par la main, elle a dit, Viens avec moi ne discute pas ça ne peut plus durer. Il l'a suivie, il a marché, marché

---

1. ***Gruge*** : trompe, dupe, vole.
2. ***Nantis*** : riches.
3. ***Depuis des lustres*** : depuis longtemps. Un lustre est une période de cinq années (du latin *lustrum*, « cérémonie purificatrice célébrée tous les cinq ans »).
4. ***Pékins*** ou ***péquins*** : civils (argot militaire).

encore, ses genoux tremblaient, c'était la faim ou l'angoisse. Elle l'a emmené dans le quartier bourgeois jusqu'au bel appartement qu'elle astique trois fois par semaine. Madame vérifie si le travail est bien fait. Madame est sévère, elle le dit. Il l'a nommée la méchante reine. À cause du livre rouge et doré que lui a prêté un copain qui le tenait d'un copain (le perds pas griffonne pas sur les pages mouille pas ton doigt pour les tourner). La méchante reine habite au troisième étage. Il aurait bien aimé prendre l'ascenseur c'est chouette, elle a dit non. Elle a dit encore, Viens. Et puis, On monte par l'escalier de service.

Là-haut elle a frappé à la porte. Elle a frappé au moins trois fois, quelqu'un a ouvert enfin, une grosse femme aux gros seins, un tablier blanc enserrant son gros ventre. Il aurait voulu se précipiter en riant dans cette vaste cuisine qui sentait le rôti. Accrochées au mur des bassines de cuivre, sur le fourneau la casserole émaillée d'où sort une buée bleuâtre, tout ça encore comme dans les livres. Elle l'a retenu par le bras, il était déjà sur le seuil de la porte et la matrone l'examinait, sévère, lissant de la main son tablier.

Elle a soupiré, le poussant devant elle (et ça sentait aussi les frites), elle a dit, Il a faim, c'est mon gamin vous n'auriez pas —

Il marmonne, très bas pour lui seul, qu'il la déteste.

Qu'il la déteste et déteste la belle cuisine et la femme au tablier blanc lui tendant une tartine, Avale-moi ça, grouille. Qu'il la déteste ordonnant, Dis merci.

Il mange et en mâchant il répète – prononçant à peine les mots – qu'il déteste et déteste et déteste. Il avale. Il déteste encore un peu plus. Ça lui donne envie de vomir. Ça. La confiture. Ou bien l'humiliation.

Gens. À fuir. Facile vivre à l'écart quand plus de famille, plus de métier. Retraité. Seul. Depuis longtemps. Bien avant que guerre recommence. Et maintenant. Pire encore. Resterai seul toujours. Dans mon bunker. De sucre. Plus solide qu'on croit. Entasserai sucre. Protection réconfort. Abri. Voir personne. Ou parfois. Petit garçon. Fils de concierge. Grimpe. Avec courrier. Lettres ? Pas pour vieux schnoque. Mais bulletin pension, factures électricité avis chèques postaux journal. Me plaît (le bonhomme) mèches rebelles, grands yeux, bouche innocente, air réfléchi même si rire toujours proche. Je dis, *Attends un peu*. Ou encore, *Reviens quand tu auras terminé ta distribution, je te donnerai* – Paroles lancées à la légère. Donner quoi ?

Ce qu'il a fait ? Il a volé du sucre. Mais il ne sera pas battu, pas puni pas même grondé. Un regard attristé de sa mère a suffi pour le confondre, par ces temps de pénurie, quand les tickets mensuels de rationnement [1] sont épuisés en moins d'une semaine.

Lorsque la paysanne a vu que manquaient deux morceaux de sucre dans la boîte d'un kilo elle a couru derrière ses visiteurs qui s'éloignaient portant le sac. Elle a dit, Vous devriez avoir honte. Que je ne vous revoie plus. Ce sera une bonne leçon pour vous apprendre à être honnêtes.

Sa mère a cherché à l'excuser, il avait faim il a toujours faim. Ses joues sont creuses, ses poignets trop minces. Il a faim et aussi il a peur, des patrouilles dans la rue, des fusillades, des bombes. Un jour il a dit, C'est pas drôle de mourir mais au moins quand on est mort on ne sent plus ce grand vide en dedans impossible à remplir. Il dessine sur son cahier d'écolier des rectangles côte à côte. Il dit que c'est un immense cimetière.

Il dit Pardon, qu'il regrette, qu'il ne le fera plus. Sa mère répète qu'un enfant ne doit jamais se servir sans demander la permission. Elle dit aussi que le sucre c'est très mauvais pour les dents.

Le fais entrer. Lui dis s'asseoir à la table. Petit bonhomme. Sourit. M'explique, *C'est mercredi, jour de congé, j'aide maman*

1. Avec la guerre, un système de rationnement est mis en place pour faire face à la pénurie alimentaire ; les tickets sont différents selon l'âge et le travail effectué par les bénéficiaires.

pour le courrier. Moi, *Elle va bien ta maman ?* Histoire de poursuivre converse. De montrer quelque intérêt. Dit qu'elle crie. En colère. Ayant acheté pommes pour compote et trouvant plus de sucre. Dit que gens ont tout raflé. Pour cause de guerre. Là-bas. Loin mais. Quand même.

Moi, *Du sucre, j'en ai quelques boîtes d'avance. Je vais lui en refiler une, à ta mère.*

De ma part élan généreux qui aussitôt m'étonne, ne sais ce qui m'a pris. Ai sorti boîte du placard. La pose sur la table. Puis. Réfléchissons. A dit pas de sucre. Suis certain en avoir vu hier encore au Félix Potin miniature tenu par boutiquier arabe. Dans impasse. Beghin Say. Plus cher qu'au Prisu. Tant pis. Jamais trop de prévoyance. Alors moi, *Sois sage, je serai de retour dans cinq minutes*. Moi vieux schnoque dévale escalier, jambes tremblantes.

Arabe a fermé boutique. Le con. Ce crouille[1]. Gardant rideau baissé un mercredi matin. Tant pis. Déjà ai stocké sucre pour semaines mois années. Demain racontera aux clients (l'arbi[2]) une de ses histoires habituelles, famille qui lui donne du tintouin[3], smala[4] débarquée sans prévenir. Rien à faire. Que remonter mes cinq étages, Pas trop vite ou bien essoufflement vertiges.

Gamin toujours assis même place. A ouvert boîte sucre. Empilé morceaux sur table comme cubes jeu de constructions. A dit, Regarde. A dit, Une ville. A bâti ville. Avec tours et remparts.

Criant, *Brmmmbrmmm, ça craque ça s'effondre*.

Geste du bras. Balaie terrain. Dégringolade.

Alignant. Rangées parallèles. Moi, *Non*. Lui continuant. Avec soin. Insistant, *Regarde*.

Moi vieux schnoque imprudent, *C'est quoi* ?

Lui taquin, *Facile. Devine*.

Moi silencieux.

---

1. ***Crouille*** : Africain du Nord (populaire et injurieux).
2. ***Arbi*** : indigène d'Afrique du Nord (populaire et péjoratif).
3. ***Tintouin*** : inquiétude, embarras, souci (familier).
4. ***Smala*** : famille nombreuse et encombrante (familier).

Lui, *J'ai mangé deux morceaux de sucre. T'es pas trop fâché, dis ? Ça fera deux tombes en moins pour deux soldats morts à la guerre.*

La guerre quelle guerre quand où pourquoi comment
quelle
guerre
quand où comment
pourquoi
quelle

Le lait est un liquide blanc,

DOSSIER

- Avez-vous bien lu ?
- Pour aller plus loin

La Composition d'orthographe

Avez-vous bien lu ?

1. Cette histoire se passe sous l'Occupation. Quels éléments du texte permettent d'identifier cette période ?

2. Décrivez l'état d'esprit du photographe. Formulez le dilemme auquel il se trouve confronté. Que décide-t-il à la fin de la nouvelle ? Pourquoi ?

3. Relevez dans le texte cinq raisons qui poussent des enfants de la classe à ne pas vouloir ôter leur blouse. Quel est l'intérêt de ces remarques ?

4. Quels traits caractéristiques de l'enfance l'auteur met-elle en évidence dans cette nouvelle ?

5. L'institutrice a relégué le « portrait d'un Maréchal [...] dans le coin le plus sombre [de la classe] » (p. 42). De quel portrait s'agit-il ? Quels sentiments de l'institutrice traduit cette remarque ?

6. L'affiche : comment est-elle appréhendée par le photographe, par l'institutrice et par les enfants ?

7. Pour cette histoire, Annie Saumont s'est inspirée d'un fait réel : l'exécution d'otages par les Allemands, à Châteaubriant, le 22 octobre 1941 (voir ci-contre, « Pour aller plus loin »). Quelles sont ses intentions avec cette nouvelle ?

8. L'auteur fait un usage particulier du participe présent dans le texte, placé en début de phrase, antéposé au sujet. Comment interprétez-vous ce choix ? Quelle valeur donnez-vous ici au participe présent ?

Pour aller plus loin

Actes de résistance et représailles de l'occupant

■ Les fusillés de Châteaubriant

Pour écrire sa nouvelle, Annie Saumont s'est appuyée sur un fait réel : le 22 octobre 1941, à Châteaubriant où ils étaient détenus, des otages – syndicalistes et communistes, tous engagés dans le combat contre l'occupant – furent exécutés par les nazis, avec l'aide du gouvernement de Vichy. Il y eut vingt-sept victimes. Le même jour, vingt et un otages furent tués à Nantes et, le lendemain, cinquante autres au camp de Souges (près de Bordeaux). Ces exécutions massives et sommaires intervenaient après plusieurs actes de résistance : le déraillement provoqué d'un train sur la ligne Rouen-Le Havre le 19 octobre, puis l'assassinat du lieutenant-colonel Karl Hotz à Nantes le 20, et du conseiller militaire Reimers à Bordeaux, place Pey-Berland, le 21. Ces représailles sanglantes étaient destinées à instaurer la terreur dans tout le pays et à donner un coup d'arrêt aux actions menées contre l'occupant.
Nous reproduisons p. 92 l'affiche qui fut placardée sur les murs le 23 octobre 1941, annonçant la mort des otages de Châteaubriant et dont Annie Saumont donne des fragments dans sa nouvelle.

■ L'exécution du groupe Manouchian

Autre exemple de représailles mises en œuvre par l'occupant : le procès et l'exécution des vingt-trois membres du « groupe Manouchian », le 21 février 1944. Les Allemands firent de ce jugement un véritable outil de propagande, qui devait rendre les résistants, présentés comme des criminels, hostiles aux yeux de la population française et inciter celle-ci à collaborer.
Missak Manouchian est né en 1906, en Turquie, de parents arméniens. Il a neuf ans lorsqu'il est témoin du génocide des Arméniens perpétré par la Turquie (1915-1917). Il en gardera une blessure profonde qui, vingt-cinq ans après, le rapprochera de ses camarades juifs engagés dans la résistance en France, eux-mêmes confrontés au génocide de leur peuple. Missak Manouchian arrive en

BEKANNTMACHUNG

Am Tage nach dem Verbrechen in Nantes, in den Abendstunden des 21. 10. 1941, haben feige Moerder, Soeldner Englands und Moskaus, einen deutschen Wehrmachtbeamten in Bordeaux hinterruecks niedergeschossen.

Die Taeter sind entkommen. Auch die Taeter von Nantes sind noch nicht in meiner Hand.

Zur Suehne des neuen Verbrechens habe ich wiederum zunaechst die Erschiessung von 50 Geiseln angeordnet.

Falls die Taeter nicht bis zum Ablauf des 26. Oktober 1941 ergriffen sind, werden weitere 50 Geiseln erschossen werden.

Fuer diejenigen Landeseinwohner, die zur Ermittlung der Taeter beitragen, setze ich eine Belohnung im Gesamtbetrag von

15 MILLIONEN FRANKEN

aus.

Zweckdienliche Mitteilungen, die auf Wunsch vertraulich behandelt werden, nimmt jede deutsche oder franzoesische Polizeidienststelle entgegen.

Paris, den 23. Oktober 1941.

Der Militärbefehlshaber in Frankreich
von STULPNAGEL

AVIS

Au crépuscule du 21 Octobre 1941, un jour après le crime qui vient d'être commis à Nantes, de laches assassins à la solde de l'Angleterre et de Moscou ont tué, à coups de feu tirés traitreusement, un officier de l'Administration militaire allemande à Bordeaux.

Les assassins ont réussi à prendre la fuite. Les meurtriers de Nantes non plus ne sont pas encore entre mes mains.

Comme première mesure de représailles du nouveau crime j'ai ordonné une fois de plus de fusiller cinquante otages.

Si les meurtriers ne seraient pas saisis d'ici le 26 Octobre 1941 à minuit, 50 autres otages seront exécutés.

J'offre une récompense d'une somme totale de

15 MILLIONS DE FRANCS

aux habitants de la France qui contribueront à découvrir les coupables.

Toutes informations utiles pourront être déposées à n'importe quel service de police allemand ou français. Sur demande, ces informations seront gardées confidentielles.

Paris, le 23 Octobre 1941.

Der Militärbefehlshaber in Frankreich
von STULPNAGEL

■ Affiche placardée sur les murs le 23 octobre 1941, témoignant des mesures prises par l'occupant pour mettre un terme aux actes de résistance. Annie Saumont en reproduit des bribes dans sa nouvelle « La Composition d'orthographe ».

France en 1924. En 1934, il entre au Parti communiste et intègre, au sein de celui-ci, la MOI (main-d'œuvre immigrée). En 1943, il prend la direction militaire des FTP-MOI (réunion des francs-tireurs et partisans – organisation militaire de résistance créée en 1942 – et de la MOI). Depuis la fin de l'année 1942, les vingt-trois membres que compte ce groupe menaient une guérilla incessante contre l'occupant : attentats, sabotages... Le 28 septembre 1943, ils tuent le responsable du STO (Service du travail obligatoire) et général SS Rittler. Le 16 novembre 1943, Missak Manouchian est arrêté. Lui et les membres de son groupe sont jugés lors d'un procès qui dure trois jours et qui se veut exemplaire. À l'issue de celui-ci, ils sont exécutés. Dans sa dernière lettre, Missak Manouchian adresse à sa femme ces mots :

> Dans quelques heures, je ne serai plus de ce monde. On va être fusillés cet après-midi à 15 heures. [...] Au moment de mourir, je proclame que je n'ai aucune haine contre le peuple allemand et contre qui que ce soit, chacun aura ce qu'il méritera comme châtiment et comme récompense. Le peuple allemand et tous les autres peuples vivront en paix et en fraternité après la guerre qui ne durera plus longtemps. [...] Je mourrai avec vingt-trois camarades tout à l'heure avec le courage et la sérénité d'un homme qui a la conscience bien tranquille, car personnellement je n'ai fait [de] mal à personne et, si je l'ai fait, je l'ai fait sans haine.

L'affiche de la p. 94 est placardée partout en France le 1er mars 1944.

C'est en souvenir de cette arrestation, de cette « Affiche rouge » et de la dernière lettre de Missak Manouchian que Louis Aragon (1897-1982) a composé les émouvantes strophes du *Roman inachevé* (1956), qui ont été mises en musique par Léo Ferré et chantées par lui et bien d'autres.

■ Une véritable entreprise de propagande fut menée à partir du procès du groupe Manouchian. En atteste cette affiche sur fond rouge qui fut placardée sur tous les murs de France en mars 1944. Elle présentait les hommes du groupe Manouchian comme des criminels, des terroristes ennemis de la France.

Strophes pour se souvenir

1955.

Vous n'avez réclamé la gloire ni les larmes
Ni l'orguc ni la prière aux agonisants
Onze ans déjà que cela passe vite onze ans
Vous vous étiez servi simplement de vos armes
La mort n'éblouit pas les yeux des Partisans

Vous aviez vos portraits sur les murs de nos villes
Noirs de barbe et de nuit hirsutes [1] menaçants
L'affiche qui semblait une tache de sang
Parce qu'à prononcer vos noms sont difficiles
Y cherchait un effet de peur sur les passants

Nul ne semblait vous voir Français de préférence
Les gens allaient sans yeux pour vous le jour durant
Mais à l'heure du couvre-feu des doigts errants
Avaient écrit sous vos photos MORTS POUR LA FRANCE
Et les mornes matins en étaient différents

Tout avait la couleur uniforme du givre
À la fin février pour vos derniers moments.
Et c'est alors que l'un de vous dit calmement
Bonheur à tous Bonheur à ceux qui vont survivre
Je meurs sans haine en moi pour le peuple allemand

Adieu la peine et le plaisir Adieu les roses
Adieu la vie adieu la lumière et le vent
Marie-toi sois heureuse et pense à moi souvent

---

1. *Hirsutes* : ébouriffés.

Toi qui vas demeurer dans la beauté des choses
Quand tout sera fini plus tard en Erivan [1]

Un grand soleil d'hiver éclaire la colline
Que la nature est belle et que le cœur me fend
La justice viendra sur nos pas triomphants
Ma Mélinée [2] *ô mon amour mon orpheline*
Et je te dis de vivre et d'avoir un enfant

Ils étaient vingt et trois quand les fusils fleurirent
Vingt et trois qui donnaient leur cœur avant le temps
Vingt et trois étrangers et nos frères pourtant
Vingt et trois amoureux de vivre à en mourir
Vingt et trois qui criaient la France en s'abattant

Le Roman inachevé,

Détaillez l'affiche (p. 94), et, en vous aidant de ce poème, indiquez les éléments qui en font un outil de propagande de l'occupant allemand incitant la population française à collaborer.

L'hommage aux martyrs

Les strophes d'Aragon reproduites ci-dessus constituent un hommage aux résistants. De nombreux autres poèmes furent dédiés aux martyrs des années noires de la France. Parmi ceux-ci, le texte de René-Guy Cadou et celui d'Aragon donnés ci-après font référence, de près ou de loin, aux fusillés de Châteaubriant.

■ René-Guy Cadou, « Les Fusillés de Châteaubriant »

À mi-chemin entre Rennes et Angers, Châteaubriant est proche de la Brère et du pays de Retz, de cette Basse-Loire où le poète René-Guy Cadou (1920-1951) a passé toute sa vie. Dans ce poème écrit

---

1. *Erivan* ou *Erevan* : capitale de l'Arménie, d'où est originaire Missak Manouchian.
2. *Mélinée* : Méline, la femme de Missak Manouchian.

en 1946, il rend hommage aux vingt-sept martyrs de la petite ville voisine de sa région.

Les Fusillés de Châteaubriant

Ils sont appuyés contre le ciel
Ils sont une trentaine appuyés contre le ciel
Avec toute la vie derrière eux
Ils sont pleins d'étonnement pour leur épaule
Qui est un monument d'amour
Ils n'ont pas de recommandations à se faire
Parce qu'ils ne se quitteront jamais plus
L'un d'eux pense à son petit village
Où il allait à l'école
Un autre est assis à sa table
Et ses amis tiennent ses mains
Ils ne sont déjà plus du pays dont ils rêvent
Ils sont bien au-dessus de ces hommes
Qui les regardent mourir
Il y a entre eux la différence du martyre
Parce que le vent est passé là où ils chantent
Et leur seul regret est que ceux
Qui vont les tuer n'entendent pas
Le bruit énorme des paroles
Ils sont exacts au rendez-vous
Ils sont même en avance sur les autres
Pourtant ils disent qu'ils ne sont pas des apôtres
Et que tout est simple
Et que la mort surtout est une chose simple
Puisque toute liberté se survit.

Poésie la vie entière, Œuvres complètes,

1. Étudiez la métaphore chrétienne dans le poème.
2. De quelle « foi » s'agit-il cependant ici ?

3. Quels sentiments du martyr traduisent l'absence d'emphase dans le ton du poème et la simplicité des attitudes décrites ? Peut-on dire, par exemple, qu'ils donnent à lire la sérénité de celui qui va mourir ?

■ Louis Aragon, « La Rose et le Réséda »

Publié la première fois en 1942 dans *Le Mot d'ordre*, un journal clandestin, et repris dans *La Diane française* (1944), le poème de Louis Aragon « La Rose et le Réséda » est dédicacé à quatre résistants de tendances politiques différentes, qui furent exécutés par les Allemands : Gabriel Péri, journaliste et homme politique, secrétaire général des Jeunesses communistes, fusillé le 15 décembre 1941 ; Guy Môquet, fils de député communiste, lycéen fusillé à dix-sept ans à Châteaubriant le 22 octobre 1941 ; Honoré d'Estienne d'Orves, officier de marine qui se rallia au général de Gaulle en 1940 et qui organisa un réseau de renseignements en France occupée avant d'être arrêté et fusillé en 1941 ; et Gilbert Dru, dirigeant de la Jeunesse étudiante catholique, fusillé en 1944.

Dans ce poème, Aragon met en présence un chrétien et un athée et évoque leur volonté commune de libérer la France – « la belle / Prisonnière » – de la domination allemande, à travers une image toute médiévale de preux chevaliers tentant de délivrer leur dame retenue captive dans une citadelle. La mort des deux « rebelles » tués par la « sentinelle » n'est pas vaine puisque, « à la saison nouvelle », renaît la vie. Ce qu'Aragon donne à lire, à travers la réunion de couples antithétiques – « Celui qui croyait au ciel / Celui qui n'y croyait pas », « la rose et le réséda [1] » –, c'est la nécessité d'union nationale face au danger, c'est un idéal d'unité pour triompher de l'adversité.

---

1. La rose, rouge et piquante, est l'emblème des socialistes, traditionnellement des athées ; le réséda, plante à fleurs blanches, symbolise la monarchie et, plus généralement, le catholicisme auquel elle est associée.

La Rose et le Réséda

À Gabriel Péri et d'Estienne d'Orves
comme à Guy Môquet et Gilbert Dru

Celui qui croyait au ciel
Celui qui n'y croyait pas
Tous deux adoraient la belle
Prisonnière des soldats
Lequel montait à l'échelle
Et lequel guettait en bas
Celui qui croyait au ciel
Celui qui n'y croyait pas
Qu'importe comment s'appelle
Cette clarté sur leurs pas
Que l'un fût de la chapelle
Et l'autre s'y dérobât
Celui qui croyait au ciel
Celui qui n'y croyait pas
Tous les deux étaient fidèles
Des lèvres du cœur des bras
Et tous les deux disaient qu'elle
Vive et qui vivra verra
Celui qui croyait au ciel
Celui qui n'y croyait pas
Quand les blés sont sous la grêle
Fou qui fait le délicat
Fou qui songe à ses querelles
Au cœur du commun combat
Celui qui croyait au ciel
Celui qui n'y croyait pas
Du haut de la citadelle
La sentinelle tira
Par deux fois et l'un chancelle

L'autre tombe qui mourra
Celui qui croyait au ciel
Celui qui n'y croyait pas
Ils sont en prison Lequel
A le plus triste grabat [1]
Lequel plus que l'autre gèle
Lequel préfèrent les rats
Celui qui croyait au ciel
Celui qui n'y croyait pas
Un rebelle est un rebelle
Nos sanglots font un seul glas [2]
Et quand vient l'aube cruelle
Passent de vie à trépas
Celui qui croyait au ciel
Celui qui n'y croyait pas
Répétant le nom de celle
Qu'aucun des deux ne trompa
Et leur sang rouge ruisselle
Même couleur même éclat
Celui qui croyait au ciel
Celui qui n'y croyait pas
Il coule il coule et se mêle
À la terre qu'il aima
Pour qu'à la saison nouvelle
Mûrisse un raisin muscat
Celui qui croyait au ciel
Celui qui n'y croyait pas
L'un court et l'autre a des ailes
De Bretagne ou du Jura
En framboise ou mirabelle
Le grillon rechantera

1. *Grabat* : très mauvais lit.
2. *Glas* : tintement lent d'une cloche d'église pour annoncer une mort ou des funérailles.

Dites flûte ou violoncelle
Le double amour qui brûla
L'alouette et l'hirondelle
La rose et le réséda

Louis Aragon, *La Diane française*,

1. Identifiez les trois « mouvements » de ce texte.

2. Quel procédé rhétorique propre aux textes oratoires utilise ici Louis Aragon ? Dans quel but selon vous ? Peut-on dire, par exemple, qu'il se sert de la poésie comme d'une arme qui doit immédiatement atteindre le lecteur ?

Le Cri

Avez-vous bien lu ?

1. Qui est le randonneur blessé qui meurt faute de soins ? Quels éléments la nouvelle donne-t-elle sur le passé du personnage ?

2. Combien cette nouvelle comporte-t-elle de « séquences narratives » ? Identifiez-les.

3. Construisez l'axe temporel de cette histoire. Faites-y figurer les repères spatiaux et les personnages en présence.

4. Comment justifiez-vous le titre de la nouvelle ?

Pour aller plus loin

Dans sa nouvelle, Annie Saumont évoque un catalogue, à l'intérieur duquel se trouve « une lithographie d'après le tableau [...], annotée par l'artiste : *Ich fühlte das grosse Geschrei durch die Natur* » (p. 76) et, plus loin, elle traduit ces mots et les complète (p. 79). Ce faisant, elle reproduit les phrases du peintre norvégien Edvard Munch (1863-1895) au sujet du *Cri*, une œuvre dont il a exécuté quatre versions entre 1893 et 1895 et qu'Annie Saumont décrit ainsi : « Les traits noyés dans une pâte grise. Des mains juste esquissées encadrant le visage, protégeant les oreilles qui refusent d'entendre. Presque au milieu de la toile l'énorme bouche ouverte d'où sort le cri. Coulures de teintes molles, sinueuses (corps ciel rivage) contrastant avec les stries épaisses de la route fuyant en profondeur, avec le tracé rigide du parapet » (p. 76).

Précurseur de l'expressionnisme, Edvard Munch a peint ses *Cri* à l'aube de la trentaine, au cours d'une sévère dépression : « la maladie, la folie et la mort sont les anges noirs qui ont veillé sur mon berceau à ma naissance », indique-t-il. Et, de fait, il a cinq ans lorsque sa mère meurt de tuberculose, et quinze ans lorsque sa sœur est emportée par la même maladie ; son père, médecin militaire, est quant à lui sujet à des « crises d'angoisse religieuse qui [peuvent] atteindre les limites de la folie ». C'est dans son journal, à la date du 22 janvier 1892 – il séjourne alors à Nice –, que le peintre explique l'origine de son tableau et qu'on trouve les bribes de phrases reproduites par Annie Saumont dans sa nouvelle : « Je me promenais un soir sur un chemin [...]. J'étais fatigué et malade. [...] Le soleil se couchait – les cieux étaient colorés de rouge, comme du sang. J'ai ressenti cela comme si un cri traversait la nature. J'ai cru entendre un cri. J'ai [...] peint les nuages comme du vrai sang. Les couleurs criaient. »

1. Quels sentiments vous inspire cette peinture ? Qu'est-ce qui les justifie ?

2. Quelle est la figure centrale du tableau ? Que fait ce personnage ? Comment peut-on expliquer son geste ?

3. Que symbolise la passerelle ?

4. Quel lien établissez-vous entre la nouvelle d'Annie Saumont et le tableau de Munch ?

■ Edvard Munch, *Le Cri* (1893-1895).

Les voilà

Avez-vous bien lu ?

1. Quels sont ceux à qui s'applique le titre « Les voilà » dans la nouvelle ?

2. Qui parle ? Dressez le portrait psychologique de ce locuteur. Où se trouve-t-il quand il évoque les images du passé qui reviennent sans cesse à son esprit ?

3. Que raconte-t-il ?

4. Qu'arrive-t-il au village de son enfance ?

Pour aller plus loin

« Les hommes ici, les femmes et les enfants là. Et serrez-vous si vous voulez être tous sur les photos-souvenirs qu'on affichera à la mairie. [...] Ils ont répété, Serrez-vous. Puis ils ont lancé les grenades » (p. 37). Ce massacre d'un village entier n'est pas sans évoquer celui d'Oradour-sur-Glane, le 10 juin 1944, quatre jours après le débarquement des troupes alliées en Normandie. À l'heure de la Libération et alors que le bonheur rayonne sur les visages des Français, ce petit village du Limousin va connaître l'horreur. Le bourg est encerclé par les troupes allemandes qui remontent vers le front de Normandie et qui ont pour consigne de réprimer, au cours de leur progression, toute manifestation d'hostilité et toute activité des maquis[1]. Cette consigne est le prétexte à des exactions sans nom et à des représailles aveugles et féroces contre les populations civiles. Ainsi les habitants d'Oradour-sur-Glane sont-ils rassemblés sur le champ de foire tandis que des SS fouillent les maisons à la recherche d'armes. Bientôt, les femmes et les enfants sont conduits dans l'église du village et les hommes envoyés dans une grange. Les SS mettent le feu aux bâtiments. Six cent quarante-deux personnes

1. *Maquis* : organisations de résistance armée.

sont ainsi exterminées en un après-midi. Depuis, de ce village martyr on entretient les ruines et la mémoire.
Dans son poème « Oradour », Jean Tardieu, journaliste, poète, dramaturge et critique littéraire qui a intégré des mouvements de résistance pendant la guerre, évoque le massacre qui eut lieu le 10 juin 1944. Ce texte (septembre 1944) fut publié dans le dernier numéro clandestin des *Lettres françaises* et figure dans *Les Dieux étouffés* (1944).

Oradour

Oradour n'a plus de femmes
Oradour n'a plus un homme
Oradour n'a plus de feuilles
Oradour n'a plus de pierres
Oradour n'a plus d'église
Oradour n'a plus d'enfants

plus de fumée plus de rires
plus de toits plus de greniers
plus de meules plus d'amour
plus de vin plus de chansons.

Oradour j'ai peur d'entendre
Oradour je n'ose pas
approcher de tes blessures
de ton sang de tes ruines,
je ne peux, je ne peux pas
voir ni entendre ton nom.

Oradour je crie et hurle
chaque fois qu'un cœur éclate
sous les coups des assassins
une tête épouvantée
deux yeux larges deux yeux rouges

deux yeux graves deux yeux grands
comme la nuit la folie
deux yeux de petit enfant :
ils ne me quitteront pas.
Oradour je n'ose plus
lire ou prononcer ton nom.

Oradour honte des hommes
Oradour honte éternelle
haine et honte pour toujours.

Oradour n'a plus de forme
Oradour femmes ni hommes
Oradour n'a plus d'enfants
Oradour n'a plus de feuilles
Oradour n'a plus d'église
plus de fumées plus de filles
plus de soirs ni de matins
plus de pleurs ni de chansons.

Oradour n'est plus qu'un cri
et c'est bien la pire offense
au village qui vivait
et c'est bien la pire honte
que de n'être plus qu'un cri,
nom de la haine des hommes
nom de la honte des hommes
qu'à travers toutes nos terres
on écoute en frissonnant,
une bouche sans personne
qui hurle pour tous les temps.

Les Dieux étouffés, *Jours pétrifiés*,

1. Que dénonce le poète ?
2. En quoi ce poème est-il un appel ? Référez-vous au moment où il a été écrit.
3. Quelle est sa visée ?

Sarah

Avez-vous bien lu ?

1. Quelle est l'origine du mal-être du narrateur ? De quoi souffre-t-il ? Essayez de dresser son portrait psychologique, en le rapprochant de ceux des personnages principaux de « Les voilà », « Le Sucre » et « La guerre est déclarée ».

2. Quel est le parcours de vie du narrateur (de sa naissance jusqu'à ses cinquante ans) ? Appuyez-vous sur les nombreux repères spatiaux et temporels qui émaillent le récit.

3. Quel est le champ lexical dominant utilisé par le narrateur quand il évoque le gavage des oies ? En quoi est-ce une métaphore d'une autre réalité de l'époque ?

Pour aller plus loin

Genèse de la nouvelle,
par Annie Saumont

Une de mes voisines avait des enfants qui s'entendaient très bien avec ma fille. Elle passait beaucoup de temps avec eux, ou parfois ils venaient chez moi.

Nos enfants grandissent et la vie les sépare. Je déménage et nous ne nous voyons plus guère.

Un jour je la rencontre sur le quai du métro. Et aussitôt nous faisons le point. Que deviennent les enfants ? Ma voisine me parle d'abord des plus jeunes. Puis elle dit, Quant à l'aînée, elle est très heureuse, elle a trouvé quoi faire de sa vie, un métier qu'elle aime vraiment. J'hésite un instant et puis j'ose : lequel ? Ma voisine : elle gave les oies.

C'est alors que j'ai commencé à écrire une histoire. Je suis allée au Centre Pompidou me documenter sur le gavage. Et l'idée m'est venue (mais d'où viennent les idées me demandent invariablement les élèves des classes que je rencontre et je n'ai qu'une seule réponse toujours la même « de l'imagination ». Et l'imagination ça vient de quoi ? pourraient poursuivre des élèves obstinés…). Donc l'idée m'est venue que des images de l'exode, des trains pris d'assaut, des gens marchant sur la route et sous la mitraille, allant plus loin sans trop savoir jusqu'où, c'était là inévitablement le chemin qui conduirait à Sarah (Henriette) la gaveuse d'oies.

Vous auriez dû changer à Dol

Avez-vous bien lu ?

1. « Comment expliquer qu'en ce jour d'octobre un moyen de transport anodin s'est changé en train fantôme véhiculant des voyageurs fantômes ? » (p. 30). Dans cette nouvelle, le lecteur suit l'histoire d'une étudiante de dix-neuf ans qui se retrouve dans un train étrange, rempli de voyageurs d'un autre temps. Montrez comment la représentation d'un environnement connu et identifiable, celui d'un compartiment de train, est progressivement perturbée par l'irruption d'éléments étranges.

2. La comparution devant le tribunal correctionnel avec la peine qui s'ensuit (un mois de travaux d'intérêt général), loin de clarifier la situation, fait persister le trouble et le malaise chez la jeune femme. Analysez la permanence des éléments « anormaux » dans cette seconde partie de la nouvelle.

3. Le propre du fantastique est d'entretenir le doute jusqu'au terme de l'histoire dans laquelle il s'installe, en faisant coexister deux explications possibles pour un phénomène étrange : l'une rationnelle, l'autre non. Donnez ces deux interprétations pour la nouvelle, qui exploite cette ambiguïté.

Pour aller plus loin

À plusieurs reprises dans sa nouvelle, Annie Saumont évoque la destruction de la ville de Saint-Malo pendant la Seconde Guerre mondiale : « Je suis la victime d'une hallucination, cet article j'avais dû le lire déjà en première année de fac au cours d'un travail universitaire sur la destruction de la cité malouine – cinq cent mille mètres cubes de décombres – durant la guerre de 1940 » (p. 30) ; « Le restaurant communautaire a été détruit à la fin de la guerre. Lorsque toute la ville a brûlé. [...] La ville avait été évacuée. Les derniers qui s'obstinaient à ne pas la quitter s'entassaient dans les abris. On n'en sortait que pour la bouffe. Quand les Amerloques ont lancé l'attaque le resco a été touché par une bombe incendiaire » (p. 32).

Le grand incendie de Saint-Malo eut lieu en août 1944. Dès juillet, l'aviation américaine commence à bombarder la ville pour déloger les Allemands. En août, l'ordre d'évacuation des populations civiles est donné et les Alliés lancent des tirs d'obus incendiaires. Le siège de Saint-Malo dure une quinzaine de jours avant la libération de la ville, détruite à quatre-vingts pour cent. En 1994, la Société d'histoire et d'archéologie de l'arrondissement de Saint-Malo a fait paraître une brochure sur la libération de la cité (« 1944. Libération de Saint-Malo, témoignages »). On peut y lire cette lettre du docteur Lemarchand à ses parents (5 septembre 1944) :

> Le siège de Saint-Malo est terminé. Commencé le 4 août nous avons vécu une bataille effroyable jusqu'au 14 août. Depuis cette date, Saint-Malo est complètement détruit. *Intra muros*, il ne reste plus rien, tout a été détruit, brûlé, tout est maintenant effondré, les rues ne sont qu'un amas d'éboulis calcinés. Seuls sont debout les remparts, la cathédrale mutilée et décapitée de son clocher[1], le collège et peut-être une quinzaine de maisons isolées.

1. Ce sont les Allemands qui ont détruit le clocher de la cathédrale, repère trop facile pour l'aviation américaine.

On y lit également le témoignage, daté du 13 août 1944, d'un agent de liaison de la Défense passive[1], André Vercoutere, qui tint son journal pendant le siège de Saint-Malo.

> Vers 2 heures, les flammèches tombent dans la cour de notre abri. Il faut encore prévoir un nouveau déménagement. Mais alors, où aller ? Presque partout il ne reste que des ruines. [...] Nous partons pour prendre toutes les denrées alimentaires dans les magasins en danger. Pour être sûrs de passer, nous nous promenons avec une hache. La rue Broussais n'est plus, d'un côté à l'autre, qu'un immense brasier. En arrivant chez M. Hervé au marché aux légumes, nous avons la désagréable surprise de voir que tout avait été pillé.

La fin de la nouvelle d'Annie Saumont évoque aussi la reconstruction qui suivit la libération de la ville : « On a reconstruit en granit, les pierres ça dure, les villes ça se rebâtit la vie continue mais les hommes passent, les choses se transforment » (p. 31). Après le siège, les Malouins ont en effet entrepris de reconstruire la ville « à l'identique », tentant de redonner à la cité corsaire son cachet. La ville a conservé son caractère de grand vaisseau de granit enfermé dans son enceinte fortifiée.

De nombreuses autres villes françaises ont été partiellement ou totalement détruites pendant la Seconde Guerre mondiale. C'est le cas de Brest, que Jacques Prévert (1900-1977) évoque dans son poème « Barbara ». La ville bretonne a en effet subi de très nombreux bombardements pendant la durée du conflit et son centre a été entièrement détruit.

1. *Défense passive* : dispositif de sécurité en temps de guerre pour la protection de la population civile. L'agent de liaison est chargé d'assurer la communication des informations et la transmission des ordres.

Dans ce texte, l'évocation heureuse de l'amour et de l'insouciance du temps passé cède la place au constat de destruction et de désolation après la guerre.

Barbara

Rappelle-toi Barbara
Il pleuvait sans cesse sur Brest ce jour-là
Et tu marchais souriante
Épanouie ravie ruisselante
Sous la pluie
Rappelle-toi Barbara
Il pleuvait sans cesse sur Brest
Et je t'ai croisée rue de Siam [1]
Tu souriais
Et moi je souriais de même
Rappelle-toi Barbara
Toi que je ne connaissais pas
Toi qui ne me connaissais pas
Rappelle-toi
Rappelle-toi quand même ce jour-là
N'oublie pas
Un homme sous un porche s'abritait
Et il a crié ton nom
Barbara
Et tu as couru vers lui sous la pluie
Ruisselante ravie épanouie
Et tu t'es jetée dans ses bras
Rappelle-toi cela Barbara
Et ne m'en veux pas si je te tutoie
Je dis tu à tous ceux que j'aime
Même si je ne les ai vus qu'une seule fois
Je dis tu à tous ceux qui s'aiment

1. *Rue de Siam* : rue principale de Brest.

Même si je ne les connais pas
Rappelle-toi Barbara
N'oublie pas
Cette pluie sage et heureuse
Sur ton visage heureux
Sur cette ville heureuse
Cette pluie sur la mer
Sur l'arsenal
Sur le bateau d'Ouessant[1]
Oh Barbara
Quelle connerie la guerre
Qu'es-tu devenue maintenant
Sous cette pluie de fer
De feu d'acier de sang
Et celui qui te serrait dans ses bras
Amoureusement
Est-il mort disparu ou bien encore vivant
Oh Barbara
Il pleut sans cesse sur Brest
Comme il pleuvait avant
Mais ce n'est plus pareil et tout est abîmé
C'est une pluie de deuil terrible et désolée
Ce n'est même plus l'orage
De fer d'acier de sang
Tout simplement des nuages
Qui crèvent comme des chiens
Des chiens qui disparaissent
Au fil de l'eau sur Brest
Et vont pourrir au loin
Au loin très loin de Brest
Dont il ne reste rien.

Paroles,

1. *Ouessant* : île de Bretagne, au large de Brest.

1. Quelle est la situation d'énonciation dans ce poème ?

2. Ce poème est construit en deux « parties ». Identifiez-les en vous appuyant sur les oppositions temporelles et en précisant quel vers marque le passage de l'une à l'autre. En quoi marque-t-il une rupture avec ceux qui le précèdent ? Quel est le niveau de langage utilisé ?

3. Pourquoi peut-on qualifier ce poème de « lyrique » ?

4. Que dénonce l'auteur ? Pourquoi peut-on dire que ce texte est aussi un poème engagé ?

Notes et citations

Notes et citations

Notes et citations

Les classiques et les contemporains dans la même collection

ALAIN-FOURNIER
Le Grand Meaulnes (353)

ANDERSEN
La Petite Fille et les allumettes et autres contes (171)

ANOUILH
La Grotte (324)

APULÉE
Amour et Psyché (2073)

ASIMOV
Le Club des Veufs noirs (314)

AUCASSIN ET NICOLETTE (43)

BALZAC
Le Bal de Sceaux (132)
Le Chef-d'œuvre inconnu (2208)
Le Colonel Chabert (2007)
Ferragus (48)
Le Père Goriot (349)
La Vendetta (28)

BARBEY D'AUREVILLY
Les Diaboliques – Le Rideau cramoisi, Le Bonheur dans le crime (2190)

BARRIE
Peter Pan (2179)

BAUDELAIRE
Les Fleurs du mal – *Nouvelle édition* (115)

BAUM (L. FRANK)
Le Magicien d'Oz (315)

BEAUMARCHAIS
Le Mariage de Figaro (354)

LA BELLE ET LA BÊTE ET AUTRES CONTES (90)

BERBEROVA
L'Accompagnatrice (6)

BERNARDIN DE SAINT-PIERRE
Paul et Virginie (2170)

LA BIBLE
Histoire d'Abraham (2102)
Histoire de Moïse (2076)

BOVE
Le Crime d'une nuit. Le Retour de l'enfant (2201)

BRADBURY
L'Heure H et autres nouvelles (2050)
L'Homme brûlant et autres nouvelles (2110)

CARRIÈRE (JEAN-CLAUDE)
La Controverse de Valladolid (164)

CARROLL
Alice au pays des merveilles (2075)

CERVANTÈS
Don Quichotte (234)

CHAMISSO
L'Étrange Histoire de Peter Schlemihl (174)

LA CHANSON DE ROLAND (2151)

CATHRINE (ARNAUD)
Les Yeux secs (362)

CHATEAUBRIAND
Mémoires d'outre-tombe (101)

CHEDID (ANDRÉE)
L'Enfant des manèges et autres nouvelles (70)
Le Message (310)
Le Sixième Jour (372)

CHRÉTIEN DE TROYES
Lancelot ou le Chevalier de la charrette (116)
Perceval ou le Conte du graal (88)
Yvain ou le Chevalier au lion (66)

CLAUDEL (PHILIPPE)
Les Confidents et autres nouvelles (246)

COLETTE
Le Blé en herbe (257)

COLIN (FABRICE)
Projet oXatan (327)

COLLODI
Pinocchio (2136)

CORNEILLE
Le Cid – *Nouvelle édition* (18)

DAUDET
Aventures prodigieuses de Tartarin de Tarascon (2210)
Lettres de mon moulin (2068)

Les anthologies dans la même collection

AU NOM DE LA LIBERTÉ
Poèmes de la Résistance (106)

L'AUTOBIOGRAPHIE (2131)

BAROQUE ET CLASSICISME (2172)

LA BIOGRAPHIE (2155)

BROUILLONS D'ÉCRIVAINS
Du manuscrit à l'œuvre (157)

« C'EST À CE PRIX QUE VOUS MANGEZ DU SUCRE… » Les discours sur l'esclavage d'Aristote à Césaire (187)

CEUX DE VERDUN
Les écrivains et la Grande Guerre (134)

LES CHEVALIERS DU MOYEN ÂGE (2138)

CONTES DE SORCIÈRES (331)

CONTES DE VAMPIRES (355)

LE CRIME N'EST JAMAIS PARFAIT
Nouvelles policières 1 (163)

DE L'ÉDUCATION
Apprendre et transmettre de Rabelais à Pennac (137)

LE DÉTOUR (334)

FAIRE VOIR : QUOI, COMMENT, POUR QUOI ? (320)

FÉES, OGRES ET LUTINS
Contes merveilleux 2 (2219)

LA FÊTE (259)

GÉNÉRATION(S) (347)

LES GRANDES HEURES DE ROME (2147)

L'HUMANISME ET LA RENAISSANCE (165)

IL ÉTAIT UNE FOIS
Contes merveilleux 1 (219)

LES LUMIÈRES (158)

LES MÉTAMORPHOSES D'ULYSSE
Réécritures de L'*Odyssée* (2167)

MONSTRES ET CHIMÈRES (2191)

MYTHES ET DIEUX DE L'OLYMPE (2127)

NOIRE SÉRIE…
Nouvelles policières 2 (222)

NOUVELLES DE FANTASY 1 (316)

NOUVELLES FANTASTIQUES 1
Comment Wang-Fô fut sauvé et autres récits (80)

NOUVELLES FANTASTIQUES 2
Je suis d'ailleurs et autres récits (235)

ON N'EST PAS SÉRIEUX QUAND ON A QUINZE ANS Adolescence et littérature (156)

PAROLES DE LA SHOAH (2129)

LA PEINE DE MORT
De Voltaire à Badinter (122)

POÈMES DE LA RENAISSANCE (72)

POÉSIE ET LYRISME (173)

LE PORTRAIT (2205)

RACONTER, SÉDUIRE, CONVAINCRE
Lettres des XVIIe et XVIIIe siècles (2079)

RÉALISME ET NATURALISME (2159)

RÉCITS POUR AUJOURD'HUI
17 fables et apologues contemporains (345)

RIRE : POUR QUOI FAIRE ? (364)

RISQUE ET PROGRÈS (258)

ROBINSONNADES
De Defoe à Tournier (2130)

LE ROMANTISME (2162)

SCÈNES DE LA VIE CONJUGALE
Le couple au théâtre, de Shakespeare à Yasmina Reza (328)

LE SURRÉALISME (152)

LA TÉLÉ NOUS REND FOUS ! (2221)

LES TEXTES FONDATEURS (340)

TROIS CONTES PHILOSOPHIQUES (311)
Diderot, Saint-Lambert, Voltaire

TROIS NOUVELLES NATURALISTES (2198)
Huysmans, Maupassant, Zola

VIVRE AU TEMPS DES ROMAINS (2184)

VOYAGES EN BOHÈME (39)
Baudelaire, Rimbaud, Verlaine

Création maquette intérieure :
Sarbacane Design.

Composition : IGS-CP.
N° d'édition : L.01EHRN000359.N001
Dépôt légal : novembre 2012

Achevé d'imprimer en Italie
par Grafica Veneta S.p.A.